余斌 著

烟酒不分家

商务印书馆
The Commercial Press

图书在版编目(CIP)数据

烟酒不分家 / 余斌著. — 北京:商务印书馆,2022
ISBN 978-7-100-21455-1

Ⅰ.①烟… Ⅱ.①余… Ⅲ.①散文集—中国—当代 Ⅳ.①I267

中国版本图书馆CIP数据核字(2022)第127580号

权利保留,侵权必究。

烟酒不分家
余 斌 著

商 务 印 书 馆 出 版
(北京王府井大街36号 邮政编码100710)
商 务 印 书 馆 发 行
上海雅昌艺术印刷有限公司印刷
ISBN 978-7-100-21455-1

2022年10月第1版	开本 787×1092 1/32
2022年10月第1次印刷	印张 6¾

定价:58.00元

目 录

题 记 / 1

何物下酒 / 7

花生米 / 9

豆 / 18

蜂 蛹 / 25

鸭四件 / 30

海 蜇 / 36

凤尾鱼 / 39

烧 鸡 / 45

奶 酪 / 53

且来把盏 / 59

  烈 酒 / 61

  红酒的身价 / 65

  韩酒三型 / 72

  "烧麦炸弹" / 78

  喝啤酒,到比利时 / 82

  啤酒下饺子 / 85

  温 酒 / 88

  打 酒 / 94

  "吃"酒 / 97

  酒 瓶 / 100

  分酒器的来历 / 104

  世界杯·啤酒·方便面 / 108

  "生命之水"囤货记 / 111

一醉方休 / 117

  我把我灌醉 / 119

醉卧地板君莫笑 / 125

酒　气 / 132

酒　病 / 135

微　醺 / 140

酒　名 / 150

醉，还是没醉？这是一个问题 / 154

烟之为物 / 161

疑似抽烟 / 163

烟　技 / 166

"断顿"的时候 / 171

病中戒烟记 / 174

香烟种种 / 178

怎得从容害自己 / 200

细　烟 / 205

题 记

出过的书不多，倒有过两回，书名和人重了。重名不像撞衫那么尴尬，不过还是避免为好。于是百度一下，没搜到以"烟酒不分家"为题的书，意外发现居然有一首歌，歌名叫这个。

歌挺长，词不少，凤凰传奇的调调：

……

酒中有情

烟中有爱

烟酒不分家

人海茫茫

人间沧桑

给我一个家

……

点一根烟

喝一杯酒

明天再出发

喝一杯酒

点一根烟

说出真心话

喝一杯酒

点一根烟

明天再出发

喝一杯酒

点一根烟

四海都是家

喝一杯酒

点一根烟

烟酒不分家

——听上去烟和酒正如情与爱,有点互文关系,一起助燃兄弟情谊的高涨。虽是烟酒并举,其实撤了烟也成立,两项相加,功能和"临行喝妈一碗酒"差不了多少。

酒精作用下心驰神荡,还可助成自我膨胀,所谓"酒壮厌人胆"。烟并没有这样的效用,为何与酒绑定?

一直没查到"烟酒不分家"的说法起于何时,怎么个来历。有出京戏叫《锯大缸》,说土地公公假扮小炉匠,上门补锅,借机灭了妖孽的事。有一段是小炉匠与王大娘讨价还价兼打情骂俏。小炉匠犯烟瘾,王大娘让他抽自己的烟袋锅,问,使得么?答道,不要紧的,烟酒不分家。《锯大缸》是老戏,可见"烟酒不分家"的说法早就有了。这里本是说吸烟的,没酒什么事,却被扯进来。由酒及烟,由烟及酒,似乎就那么顺理成章、浑然天成。

它算不算谚语我不知道,反正像一切"老话说得好""俗话说得好"一样,无须追究,不证自明,天经地义。倘追究一下,在各种"应用场景"下,有这么几层意思。其一,是说烟和酒关系之密切,就像"焦不离孟,孟不离焦"。喜抽烟又爱喝酒的人不在少数,缺一不可,席上遂常见"点一根烟喝一杯酒"的画面。

其二,是说类于酒肉朋友的不分彼此,烟酒不比他物,似乎是特别宜于"与人共"的。抽烟喝酒之际,私有观念免谈,"共产"不在话下。

其三,由上面的宜"共产"的属性而来,烟酒特别容易用来充当联络感情的媒介。不管是请人办点小事递根烟的套近乎,还是"烟铺路,酒铺路"的走后门,更不用说酒酣耳热"两肋插刀"的豪语,无非意在成就特别的氛围。烟酒并举之际是否导向了情感升华不敢说,那一刻挺热络拉近了距离是肯定的。所以"烟酒不分家"最终指向了人际之中不分彼此的共同感。

不管哪层意思,都与本书关系不大,我并非论说二者关系之密不可分,又或考证一句"俗话"的来历。烟与酒在书里其实是分而论之的,说酒便说酒,说烟便说烟,基本没有并论的时候。本书只不过是烟酒合集,把相关的游戏文章归拢到一起,安上这么个名目而已,别无他意,说成合并同类项,亦无不可。

何以属"同类项"?宜"与人共"的相似属性之外,还可从外部探讨其同一性:二者都在吃吃喝喝的范围内,却独成一类,绝对应摒于美食的概念之外。凡美食,大概都有吃上瘾之虞,但未见类似"烟瘾""酒瘾"的说法,嗜烟酒之人,庶几"瘾君子"。烟酒相似的另一规定性,于此也就不难见出——二者同属不良嗜好。正因"不良",受到多方的压力,烟民酒徒(尤其酒徒)"哀生之多艰",往往抱团取暖,惺惺相惜,最能共情,发扬起来,则又有共同犯禁的快感,交情于是"升华"。

这一点烟酒中人往往不大愿意认账,不时还有来自"科学"的声音为其站台,最近恰好看到一短文,题为

"烟酒不分家,科学证明是有道理的",不仅对饮酒于身体有益提供新证,而且扣着我的题,竟是烟酒合论。出于对这一类"福音"(各种吸烟无害论、饮酒有益论)的向往之诚,我与那篇科普文章"搏斗"了很长时间,终于知其大概:甲醛是坏东西,对有机体伤害极大,但只要体内的甲醇不转化为甲醛,且被排出体外,就不能为害。抽烟是要产生甲醇的,谁能阻止甲醇变甲醛呢?唯有乙醇——乙醇就是酒啊!结论是,烟酒相伴,可部分抵消吸烟之害。"烟酒不分家"的老话,由是宣告成立。

任是怎样愿意偏听偏信,这一类的说法我也只是姑妄听之,固然是因为愚笨,费尽思量原理还是不大拎得清,更因为一直相信"信言不美,美言不信"。若要捍卫抽烟喝酒的合法性,尽可到别处去"强为之辩",找出种种"科学"依据,多半是自己骗自己。

尽管如此,在此对惠我良多的烟酒来一番政治正确的声讨却非我之所愿。一个需要不住地喊口号自证清白的世界很无趣,游戏笔墨若是硬来"曲终奏雅",郑重声明"烟酒有害健康",未免太煞风景。

免了。

何物下酒

花生米

我家里没有喝酒的传统，祖父不喝，父亲也不喝。家里的饭桌上是见不到酒的，过年的时候也没有。

尽管如此，追认起来，也许我后来对酒的向往之诚，在幼时已经开始酝酿，只不过缺少自觉而已。中学毕业之前，没沾过酒，只是看过人喝酒。有两个酒人，喝酒时的表情应该给我留下过印象。一个是小黑子他爸，原本就是高喉大嗓，喝了酒更是声高，对他的拍桌子和骂骂咧咧，我有时看作豪气，有时视为粗鲁。

另一位住得离我们院子不远，常从他家门前经过，天好的时候，就看他坐在矮桌边喝酒，有时在门前的空地，有时在屋子里面，门敞着，像乡下的堂屋，另一扇门通向院内，越过他的头顶可以看到一畦绿菜。独门独户，偌大一个院子，土坯的房，土坯的墙，其实围着的，就是一个菜园子。记不得他是拉板车的还是什么别的职业，反正是干体力活的。

他们家抛头露面因此知之者众的，是他老婆，住那一片的人都叫她"陶妈妈"。她是居民小组长，常要挨家挨户地通知些事项，下达些任务——比如该交"战备砖"了之类。我偶或也被大人差去复命什么的，于是过其门而外，又有登堂入室的机会。

倘在傍晚吃饭的时候，老头子多半就正在喝酒。挺安静的喝法，一声不吭，慢条斯理，鼻子红红的，仿佛也有几分陶然。陶妈妈也喝，听说她"解放前"做过妓女，这个"解放后"已然消失了的行当很有几分神秘，引人遐想，当然如我之辈，也想不出什么名堂。只是有次陶妈妈来通知什么事，满口的酒气，还抽着烟，过后老阿姨和母亲说话间，似乎就把她的又抽烟又喝酒与那古老的行当联系起来。见我在一边，母亲很快就截住老阿姨的话头，陶妈妈的身份（尽管已是过去时）因此也就更显神秘。

可陶妈妈看上去与想象中妓女的艳冶、风骚一点不沾边，巴巴头（妇女梳的圆形发髻），长年一件不蓝不灰看上去脏而旧的大襟子衣裳，有点焦眉烂眼的，再就是一口被烟熏得焦黄，因稀疏而更显大的牙。她可能不像她老头子天天喝，但也在一边坐着抽烟。屋子里有张八仙桌，但喝酒都是在那张看上去快散架的小桌上，几只粗陋的碗碟，当然还有粗瓷的小酒杯。我去时陶妈妈除了惯常"啊吃过了?"的发问之外，有时还会让吃花生米，这让我注意到桌上有只阔口的玻璃瓶，里面装着油氽的花生，有个小碟，里面也是花生，显然就从瓶中来。后来我在其他人家看到过喝酒的人也有同样的花生储备，知道是怕花生回潮发软不好吃采取的措施，每次倒出一些便赶紧盖上盖，而瓶里面的总是较倒出的更诱人。意识中酒与花生的关系就此绑定。

既然不知酒味，闻不出酒香，喝酒人的神情虽非负面也还不能领略其妙，陶妈妈的喝酒又让人对喝酒是不是"好事"产生疑问，而玻璃瓶中的花生米却是印象颇深，我就只能假定，我对酒的向往朝童年记忆追溯下去，没准是从下酒物开始的，确切地说，是从花生米开始的。

花生在我们家算不得稀罕物儿。父母都是泰兴人，泰兴是沙土地，适宜长花生，不管哪边的亲戚进城，山芋、元麦粉之外，捎些花生，属题中应有。我不反对花生，问题是大多数时候，带来的都是连着壳的，而我被支派干家务活的重要内容之一就是剥花生。这不免影响到我对家里花生的态度，虽然并不反对吃。

很长时间里，我很固执地认定家里的花生很糟糕，参照系即是陶妈妈家玻璃瓶中的。这与我们家的制作过程有关，与老家的花生品种无涉。店里卖的花生在分类上大体归在炒货。过去所谓"炒货"不像现在的往往用上了现代化设备，是地地道道的"炒"：炉上支径可三尺的大铁锅，锅中滚烫的铁砂和着花生、瓜子之类，大师傅站一旁手执铁锹也似的大锅铲，一下一下地翻炒。栗子上市的时节到处在卖糖炒栗子，有更多的店家门口支起锅来，当街作业，现炒现卖，铲子翻动一下，便有一阵香甜气味飘散开来，相当诱人。这样炒的花生，都是连着壳的。过年时自己家里也炒，不知道哪里弄来的铁砂——没这玩意儿，就容易给炒焦了。

连壳炒的花生，吃起来又要剥壳又要去皮，我有点感冒。去了壳（无油）干炒的我更能接受，省事之外，还因炒制时味道更能进去。路边小店里就有卖，通常是店家用纸包作三角形，偶或可见路人打开了且食且行。家里待客，这也是常见的品种，与瓜子并举，为炒货的大宗。印象深的有两种，一种颗粒较大，椒盐味的，皮色泛白，另一种是染了色的，近鲜红或紫红，用的是小粒的花生。前者是香里带咸，后者应该不是落选的残次品，而是另一花生品种，密实而有一种紧凑的甜香。

这些都不是专供下酒之用的，其踪影在诸多并非吃喝之地的公共场所也不难一见：长途车、轮船、火车、电影院……往往人群散去之后，地上狼藉一片，花生壳、花生衣与瓜子壳同在，相当之壮观。

陶妈妈家玻璃瓶里的属另一系列，是油炸的，我据以鄙视家中对应物的是这个。说到底，是因为油。不管干炒、油炒，有一点是一样的：得一刻不停地翻来炒去。我不耐剥花生，却对掌勺发生兴趣，曾经主动请缨，结果炒到手酸。饶是如此，炒出的花生还是不像样子，暗红的衣子上总会黑上一点，吃起来好像同一粒上也是焦苦与生涩相伴。后来知道了，陶妈妈家的花生米粒粒匀整亮红的色泽，吃起来又那么香脆，实因那是从卤菜店买来的（油炸的），——家里那点油，哪里经得起炸？偏偏我们家老阿姨还把着油这道关，炒花生时来得个（特别）吝惜，理由很充分：花生本身就是出油的，哪要放许多油？

油炸的花生米通常是连皮吃，手不碰，用筷子。下饭不行，最宜下酒。我对店里卖的东西有点迷信——家里做的与店里卖的，仿佛是专业与业余之分，区区花生米亦当作如是观。买来的自然要贵点，但我不解何以陶妈妈他们都买得起，大人就偏不肯买，非要在家里土法上马。直到很久以后，才知道油炸花生米无须多少专业技术，自己也办得，只要有足够的油。

彼时在大学同学影响下,我已然开始向酒靠拢。某晚八九点钟,俩哥们突然闯到家里来聊天,因在酒的见习期中,就像学某样本事,要领在将得未得之际,有一种跃跃欲试的兴奋,便提议,我们喝酒吧。都说好。于是找出一瓶"洋河大曲"来,搜遍碗橱,除一点剩下的炒藕片,什么也没有,拿什么下酒呢?有一位发现了一碗剥好的花生米,嚷,有这个就行,比什么都好!且自告奋勇,说他炒花生米最是拿手。他说的炒其实是炸,看到他倒了半锅油下去,能将花生米都淹没,我忽地心头发紧,想想老阿姨的惜油如金,深觉奢侈得过分,只因要竭力显得大方,才忍着没让他住手。

待出了锅,果然有陶妈妈家花生米的样子,等不及抓几个尝尝,却是软的。那哥们拦着道,别急,待凉了才脆。便等着,一边就喝起来。待凉透了,已是酒过三巡,有说不出的期盼。拿盐撒上拌一拌,脆,且有说不出的香,单就着花生米,紧拉慢唱,我们把一瓶酒都喝了。

这是一九七九年的事,其时不论饭馆里还是家中,最常见的下酒菜似乎就是一碟香肠、一碟花生米。在学校宿舍、食堂,这样喝过好多回了,却好像是这一回,特别觉出花生米下酒的妙处,——别无他物,又有等待的工夫,脱颖而出,良有以也。

自那以后，凡喝酒，似乎就非花生不办了。也不一定非得油炸，盐水煮了味道亦佳，尤其在夏天，油炸的吃多了，口干舌燥，煮花生最是相宜。可以煮得烂些，也可以不那么烂，后者有嚼头，我则更喜煮烂的绵软，与油炸的恰成对照。若说油炸花生米的香是外向型，盐水花生的香便是不显山不露水的那一种。盐水煮过之后浇上麻油，再来点醋，则香而爽，多吃不腻。

餐馆里的花样更多，什么话梅花生、蜜汁花生都来了，无非是煮了的花生经各种法子的腌制、浸泡，卤菜店里常见的则是与些少芹菜拌在一处。各有各的味，只是花生的本味隐而不彰。印象深的倒是一种唤作"醋泡生仁"的，是将花生皮也去了，生的搁醋里。小时没东西吃，有时也吃生的，是不得已，现在却发现，生吃与熟吃几为两物，生的却也有一种奇特的生香，涩里带一点甜。

大约现在人饮食里油水太多了，尽管卤菜店里没缺过油炸花生，印象中有一度似乎还是见得少了。待"酒鬼花生"出现，油炸一道，才有卷土重来的意思。似乎是从四川走向全国的，大概也是借着川菜四面出击的势头。刚出现时有股新鲜劲儿，到处卖，以麻辣相号召。油黄的花生米中混着鲜红的辣椒屑，以这卖相，有店家玩谐音的噱头，号为"黄飞红"。一时之间，"黄飞红"一路的风头强劲,非麻辣味的被挤到了边缘。但外地人对麻辣的承受力毕竟有限,喧嚣过去,还是回到常态,店里卖的,大多是同样制法却不"飞红"的那一种了。而原先五花八门的名号也定于一尊,就叫"酒鬼花生"。

一开始我以为这是一个牌子,后来发现乃是一种做法,有无数的生产厂家,凡这么做的,都以"酒鬼"为号。应该视为油炸花生米推陈出新的升级版吧?都是选特别的花生品种(老家的花生身材短胖,它却是长粒的,颇感清癯),去了皮再炸,炸出来多裂为两瓣,油更透得进去,照我们老阿姨的说法,本身又出油,里外相对出,特别硬挺香脆,味道格外饱满。

名为"酒鬼",好这一口的却远出于酒徒之外,火车上常可看到乘务员推了小车来来去去地卖,而不分男女老幼,都将来做零食。命名者的思路大约是,"酒鬼"吃花生最讲究,代表着对花生米的最高要求,酒鬼专属花生米,就好比"手机中的战斗机",再无花生米能出其右了。我虽这段时间对"酒鬼"情有独钟,倒也并不觉得它秀出群伦,至少盐水花生亦我所好。

将花生与酒并置深获我心。有位朋友与一位高人一起喝过酒,向我描述奇遇,说高人任什么下酒菜都不要,还特别强调一句,"连花生米都没有"。不知是钦羡还是不解。言下之意，花生米代表着下酒物的底线，若没有，则真正是干喝了。

底线往往是最基本因而也最少不得的，历数下酒之物而将花生米列为第一，其理在此。

豆

南方人称剥了壳的花生仁为"花生米",北方人则称"花生豆"。称"米"称"豆"都是指其粒状,从定性的角度说,既不是"米"也不是"豆"。我不知现在通行的分类是不是从西人那里来,反正"豆类"(bean)与"坚果"(nut)泾渭分明,花生既为"豌豆形的坚果"(peanut),当然去"豆"甚远。

二者大概是软硬有别吧,但常作下酒物是一样的——豆子下酒,亦自不差。

名气最大的是"茴香豆"。因鲁迅的名篇《孔乙己》被选入中小学语文课本,茴香豆在很多人最早知道的下酒菜中,当排在头名:一众酒客花一文钱买一碟茴香豆,就将来下酒,功能单一,并不兼以下饭。事实上鲁迅提到的下酒菜还有一样"盐煮笋",与茴香豆同价,奈何孔乙己独沽一味,"茴"字又有"四种写法",盐煮笋默默无闻,也在情理之中。

从知道茴香豆到以之下酒，就我而言，中间隔了好多年。不仅没吃过，也没见过，见识过的只能算是它的近亲：茴香豆是用陈蚕豆浸泡后再加茴香等佐料煮制而成，上海城隍庙有种零食叫作"五香桂皮豆"的（南京也有卖），约略近之。"茴香""桂皮"均是提示味道的类型，并不涉及用何种豆子，但在江浙一带，仿佛约定俗成，一定是蚕豆。只是多用桂皮或多用茴香的差异之外，还有软硬之别：茴香豆带少许的卤，从皮到豆瓣皆软糯，盛以碗碟，五香桂皮豆则无汁干硬，近于炒货，与瓜子同科。茴香豆用以下酒，五香桂皮豆也可以，通常却是当零食，小孩、女子经常一包在手，边走边吃。下酒物与零食并非隔着楚河汉界，有不少食物乃是亦此亦彼，然可充下酒物的未必就可作零食，零食也不是皆宜于佐酒，有一端，就是下酒物得坐食。

小时吃五香桂皮豆，是当作宝物的。平日没东西吃，舍不得一下吃掉，贪那表皮上的味道，常会在嘴里含一阵，这玩意真耐咬嚼，不脆，是干硬。茴香豆的软糯却是上大学读本科时去绍兴才领略到的。小馆子里都有卖，咸亨酒店里自然更不可少。绍兴人爱喝黄酒，上世纪八十年代初还是按老例，论碗卖，一碗大概有半斤，孔乙己花四文钱买上这么一碗，再一文钱买碟茴香豆。——早不是这价了，不过当时仍很便宜，记得我落脚的县招待所里，散装的加饭酒是四角八分一斤。茴香豆与酒的搭配也仍未过时，招待所食堂里常有人如此这般，喝得有滋有味。

不同的酒，下酒之物的搭配或者也应有个讲究的。可能是因孔乙己的暗示，我总觉茴香豆配黄酒最是相宜，黄酒后劲大，喝起来则一点不生猛，茴香豆的味道有点蔫，亦复相通。喝白酒就另当别论。不知是否与此有关，茴香豆虽是众所周知，却始终是一种地方性的下酒物，限于普遍好喝黄酒的浙东一带，别地不大见到。现而今咸亨酒店开到各大城市，南京已有两家了，茴香豆极寻常而仍被当作招牌菜，但似只能算作咸亨的一个节目，号召力限于店内的食客，出了咸亨，在偌大南京，便仿佛不存在。

当然，茴香豆不能代表全体豆类，南京人的下酒物中，各种做法的豆子正多。比如"笋豆"和"兰花豆"。笋豆顾名思义，是笋干与发开了的黄豆加了酱油、桂皮、茴香等味长时间地烧煮，带了卤出锅，笋与豆均不软不硬有咬劲，重重的酱油五香味。兰花豆的"兰花"则不知所云，是老蚕豆瓣下油锅炸，炸到酥透，仿佛半透明且翻翘起来——其名即是因豆瓣翻翘似花瓣也未可知，反正与中国食物，尤其菜肴命名上避实就虚的路数是一样的，属"美其名曰"，但吃是好吃的。笋豆南京人也用来下稀饭，兰花豆则大体上就是下酒了。一香酥嘎嘣脆，一韧而耐咀嚼，代表了下酒物口感上的两大方向。我更喜欢兰花豆，去了壳的豆瓣油炸起来有一种撇除了杂质的纯粹的酥香，与花生米质地不同，放到嘴里一嚼，是一种"粉身碎骨"的酥脆。可惜也甭去评什么高下了：笋豆与兰花豆同命，不知从何时起，都已经从卖卤菜的地方消失了。令人怅惘。

黄豆也有油炸了下酒的，因是连皮一起炸，口感自与兰花豆不同，却有一优点：因粒小而经吃。隔壁院子里有个好酒的老头，夏秋天常坐在院内，气定神闲，自斟自饮。也不用桌子，一只明清式样的破凳子当小几，上面立着其时南京平民中很流行的块把钱一瓶的"泗洪特酿"，再就是一碟黄豆，一只一两的小酒杯，别无他物。他坐旁边矮凳上，膝上摊一本书看着，不紧不慢地喝，隔一阵夹几粒黄豆到嘴中，有时眼睛并不从书上移开，却似训练有素，手感极好，总能抄底撮起几粒。途中从筷子间掉落的情形亦偶或有之，几上的要捡起吃，地下的要追回，一时狼狈。但他好像习惯于盲吃。

若不是油炸的——有一种卤的直煮到汁全部收干，表皮起皱，较笋豆更干硬而耐咬嚼——便要从容得多：油炸的手抓了弄一手的油，这却可以抓一把在手。喝口酒，扔几粒入口，很是笃定。我到他们院里去或从外面经过，常看见这一幕，不管炸的卤的，一顿下来，总要喝上一两个钟头。看人喝酒令我油然而生钦羡之意的，这老头肯定是一位，而黄豆无疑最能满足此种马拉松式的单干喝法。

可能是呼应对咬嚼的要求，下酒物中的豆子大多都是陈豆。与新鲜的豆子不同，虽是要以水来发开，却是淀粉味道重，没了那份水灵的嫩。新鲜豆子太嫩，炸不得，也经不起千锤百炼式的煮，但也并非不可用来下酒，只是这时要吃的是个新鲜劲了，故多是刚上市之时。江南一带的人喜时鲜，毛豆、蚕豆、豌豆上市时最是趋之若鹜。若豌豆，初时豆实尚在发育不全的阶段，淀粉少而水分多，吃起来与要将豆荚胀破的盛年豌豆几为两物，尤有一种清甜。蚕豆亦如此，固然也可剥出豆瓣来吃，然豆实不丰，内容无多，皮与肉也分不甚清，还是整粒带皮的好——事实上鲜味相当部分即出在那嫩时很厚的壳上。烧时要留新鲜本味在舌尖，油炒、水煮，盐而外无需其他味道。

不过以下酒而论，最常见的似乎还是毛豆。都是连壳煮，除了盐什么也不放，最实在的叫法"盐水毛豆"，干干净净地地道道的本味。多年前我在苏州跟人在乡下喝过一顿酒，其他吃了什么都忘了，只记得各人面前堆了一堆毛豆壳,齐眉毛高。

还有一种,说新也新,说陈也陈,——我说的是"发芽豆",芽是新芽,豆是老豆。发芽豆是老蚕豆温水里泡软之后搁在温度高的地方淋上水令其长出一点芽。但还是豆,不是豆芽,如果以黄豆芽、绿豆芽为参照的话。豆芽的豆已成为芽的附庸,发芽豆则还是维持着豆的形态,那刚露尖尖角的一点好比多长出的一颗虎牙——都是才长出一点点就弄来吃了。我曾好奇地问过不止一人,如果像黄豆芽、绿豆芽一样令其生长下去,以蚕豆的体量,所得会不会是比豆芽粗大得多的芽,蘑菇柄似的,附带的一问是,怎么没见用蚕豆做豆芽。许是问得不是地方,没有人能回答我。

发芽豆妙就妙在不芽不豆,亦芽亦豆,方死方生之际,有豆的口感,又有芽的清甜味儿。大概有多种做法吧?至少我就见过和腌菜在一处炒,早上下泡饭。但我觉得盐水煮了最好,本色示人,保留了特有的一种鲜甜,不是嫩豆子那种清新的甜,不是老豆的面甜,也不是发酵带出的甜,只能归之于萌而未发的状态吧。

下酒嘛似乎还是黄酒为好。事实上,凡烧煮的豆,我都以为和黄酒更搭得上。

据说南京人过去也吃发芽豆,我却没见过,是在上海才知道有发芽豆一说。上海的菜场里就有现成的卖,可知上海人好这一口的人还不在少数。因下过泡饭也下过酒,对那特别的味道很是倾倒,回南京后偶进菜场还特别留意过,却见不着,很觉遗憾。

蜂　蛹

下酒之物，各有所好，往往带有地域色彩，像花生米那样具有普遍性，地不分南北而都不吝称颂的，恐怕数不出几样。当然也就有有些人视为极品，另一些人不屑一顾甚或避之唯恐不及的，如蚂蚱之类，却也不多。

有个在云南插过队的朋友，最喜将当年在乡下的经历说得神乎其神，酒酣耳热之际渲染喝酒的种种，更是眉飞色舞。他说什么都拿来下酒，最过瘾的蚂蚱，一捉能捉上好几斤，开水烫一烫，掐了翅膀去了腿，扔锅里烤到焦黄，待水分尽失，椒盐一拌就开吃，香啊。又说有时更省事，围了油灯喝酒，也不拾掇，筷子夹了就在油灯上烤，腿啦翅膀啦燎得噼啪作响，现烤现吃，烤一个吃一个，再喝口酒，简直赛过神仙啊。却又补充道，最香还当数油炸的，麻油拌拌也不差，可怜那时没有油吃啊。

在场的都没下过乡，更没去过云南，听得啧啧称奇。后来才知道，不足为奇，传说的"云南十八怪"里就有

"蚂蚱当作下酒菜"一说。只是外人听来,还是觉得不可思议,就像我们虽有悠久丰富的食虫传统,听说某地又或某餐馆拿昆虫当菜,虽不至当作天方夜谭,却仍不免莫名惊诧,仿佛有此一举,去文明远矣。

有一不喝酒的老同学,大概是认定人同此心,情同此理,听一帮熟人中的酒徒在网上聊酒经聊得欢,说下酒物越说越奇,有意要恶心诸人一把,便贴图一张,其上是一各类油炸昆虫的拼盘,从竹虫到椰子虫到蜂蛹,不一而足。调侃之意,不言自明:想来点稀奇的?好,就来,看吃得消吃不消!

不知其他人如何,我反正是没被吓倒。并非在吃上面多么无畏,实因此前已见识过。云南人在异地做餐饮,过桥米线一类的小吃不算,大些的馆子,都会打两张牌,菌类之外还有一样,就是昆虫做的菜,在南京也是如此。早先"水木秦淮"一带有家"鲜菌阁",火锅是主打,各种奇奇怪怪的菌菇往锅里涮(到最后那锅汤鲜到无可再鲜),也有冷盘、炒菜,无甚特别,称得上独树一帜的,就是虫。五台山体育场那儿的一家唤作"云南味道",规模大一些,也更能满足吃上面的好奇心和冒险精神。

当然,少不了虫——在菜单上自成一个系列。别地的人当然也有吃虫的,却绝无这样的花样百出,大张旗鼓。

南京人在吃上大体偏于保守，我不相信有多少食客对虫情有独钟，但到这儿来都有奇与怪的诉求，聊备一格，当然要点。座中若有女士，看着菜单上这虫那虫，大都花容失色，待择一二点上来，肯于一试的，无不战战兢兢，筷子不像是奔向美味，倒似在接近恐怖分子。

菜单上的虫有贵有贱，不晓得论价的依据。做法倒是简单，大体上就是油炸。我想除非是囫囵着吃，否则油炸相对而言也许是最能祛除惊悚心理的一法——虽不能令其彻底"陌生化"，炸得酥透了于吃时防止不必要的联想，总是更为有益。但若是个儿大的虫，就未必能臻于酥透的境界。有次要了一种椰虫（命名的一个依据是虫的寄生之地，如长在竹子上的虫便叫竹虫，以此类推，椰虫应是长在椰树上），炸出来还有小手指指头粗细，外面是焦脆的一层壳，里面则不仅是软，竟有几分呈灰白的粥样，端的让人举筷为艰。即使不说其他，下酒总称不上妙品。

其时正喝着酒，于是想起那年在云南的喝烈酒，吃蜂蛹。一九九二年与夫人去云南旅游，其中的一站以走亲戚为主，是到靠近越南那边的砚山县她大舅家。砚山小地方，没什么地方可游，整天窝在家里喝酒。大舅精瘦精瘦，却是精力旺盛，退休了，以搓麻、喝酒为主要生活内容。隔三岔五搓麻到夜里一两点钟回来，回来了且不睡觉，若有尚未上床的人，便拉着道："喝酒！喝酒！"我做客的那段时间，这主要就是二表哥和我陪。二表哥是县多种经营办公室的头儿，家里的各种药酒也经营得不错。开喝之前大舅总要领我到放酒的地方，问喝什么。眼前是一溜装化学试剂那样的有玻璃塞子的大玻璃瓶，这个里面泡着乌龟，那口里泡着牛鞭，再一个泡着三七，还有好多叫不出名目的。我对一切泡制的酒皆说不上什么期待，以为破坏酒的香，只是出于礼貌赞叹一番。若说此时有所期待的话，我希望的是端上来的下酒物里有蜂蛹。

这愿景多半不会落空，因蜂蛹二表哥显然也是多有"经营"的。大舅是当老爷当惯了的，回来嚷几声拿了酒来便坐等开喝，二表哥若是没睡（多半也是从外面刚回），便整顿一两样下酒的，否则大舅妈或某位表嫂会从床上爬起来侍候。砚山还是烧灶，生火挥锅铲，动静似比用炉子来得大，大舅还会不时大声地下指令（无非"多些油""别忘了放盐"之类），虽只是一两样，大半夜万籁俱寂中，就有一种大操大办的声势。

有时有上一顿剩下的，也会将就。蜂蛹都是装进密封的罐子里，怕受潮变软。当然，哪里有现炒现炸的可口？多半是炸，也可以说是炕，关键是要令其水分尽出。坐在院里，一阵阵的香气就夹在柴草的气味中飘过来，待端到桌上，更是扑鼻的香。

小时在外面淘，逮着什么都吃，蚕蛹、蝉蛹、蚂蚱什么的，似乎都吃过，但都印象不深，除了只能是"尝鼎一脔"偶尔偷食（背着大人），食不得法（都是一帮很小的小孩自己瞎折腾，半生不熟的概率很高）之外，更因意不在吃，重在折腾，很大程度上应定义为玩耍。还有一条，一边喝酒一边吃与干吃是不一样的。下酒菜固然是佐酒的，然若是合适，喝酒的那一份悠然更能令其"境界全出"，真所谓"相得益彰"。蜂蛹作下酒物，便是如此。

蛹是幼虫，身上没成虫那么多水分，全身更是一体的状态，密实得很，没发展出种种器官，上上下下都是"肉"。酥酥的吃到嘴里，另有一种嚼劲。那香是蛋白质的香吧？辨一辨，似既非动物也非植物，不是肉的香，也无豆类的淀粉味。昆虫未长成之前，比如尚未羽化的蜂蛹，还不会动，就不应算"动"物吧？夫人有时候看电视打游戏到这时也还没睡，不喝酒，却屡被大舅招到桌上吃两口垫垫肚子。有次就与她辨析这问题，学理科的，容不得我旁门左道的想象，便有争执。大舅喝口酒拣粒蜂蛹扔嘴里，哈哈笑着道："争啥子吗？蜂儿好吃不好吃？好吃？那就多吃。喝酒！喝酒！"

便吃。便喝。

鸭四件

"鸭四件"其实是两样,鸭翅与鸭爪而已,以单只鸭计,则上上下下,共得四件。四川人有个更富动感的命名,叫"飞飞跳跳",翅所以飞,爪所以跳,虽说鸭子其实是不大跳的。

鸭四件很能满足下酒菜的要求。其一,经吃。一盘菜,若三口两口风卷残云吃个精光,那肯定不宜于酒。南京有些人将那种很能下饭、量大而风格偏于粗豪的菜肴称作"满口菜",言下其实有对中看不中吃走精致一路的菜品的不屑(讥之"不够塞牙缝")。此处所谓"经吃"却不是指这个:"满口"是量大、实惠,"经吃"则偏于强调耐咀嚼,"可持续发展"地下酒。

是否可充下酒之物,从无明文规定,极而言之,我们可以说凡上得餐桌的,无不可以拿来下酒。只是大概其的,喝酒的不喝酒的,都有个关于宜与不宜的共识。倘要排个座次,列举出来的,应该和餐馆里上菜的顺序差不多，凉菜——热炒——烧菜，而头几位的十有八九是凉菜：下饭可以无需凉菜，喝酒则似乎非有凉菜不可。若同类东西有冷热之别的不同做法，喝酒的人肯定先取卤、拌、炸的那些，比如，宁取酱鸭、烤鸭、盐水鸭而不取香酥鸭，宁取熏鱼、油炸小黄鱼而不要大汤黄鱼，宁取凉拌香干而不取蟹黄豆腐……不是拒绝属热菜的那些，是得有凉菜打底。烧菜类连汤带水，更宜下饭，炒菜烈火烹油地上来，却也凉得快，凉了就口味大减，且重新加温也不是办法，而喝酒紧拉慢唱，总得有半个钟头的工夫，速战速决殊少悠然之趣。

那么何必鸭四件？单说与之本为一体的，鸭子的主体部分，不论为酱鸭、为烤鸭（南京连皮带肉吃的那种，北京烤鸭的吃法则殊不合下酒的要求）、为咸水鸭，何尝不是下酒的佳品？若是大碗喝酒、大块吃肉式的豪饮，属但求一醉与唯求一饱的合流，自然要得，且斩成一片片的鸭子使筷夹来吃恐怕还嫌斯文，徒手撕下腿来大嚼，方才过瘾。但若是想由渐进而达于陶渊明所谓"此中有真意，欲辨已忘言"式的陶然，满是肉的部位就嫌其太实，饮酒不可空肚，却也不可是饱腹的状态，肚子早早就填得满满，则酒便难得持续发展的空间。畜类边边角角、筋头巴脑的所在，与循序渐进式的饮酒，最能相契。所谓筋头巴脑者，实不止于鸭四件，举凡鸭舌、鸭脖、鸭肫、鸭心，均可入列，只是吃鸭四件似更普遍，可充代表。

说是鸭四件，现在的趋势似乎是鸭爪潜踪，翅膀横行，原是一起卖的，如今卤菜店里更常见的是翅膀。那么且说这个。

鸭翅看上去的确比较"横"，拐子杵在那里大钳子似的。其实却没多少肉，比鸡翅不如。有了鸡场大批量饲养的肉鸡之后，鸡翅已是和鸡的其他部分一样肥大多肉起来，渐渐也都按洋人的法子分解，可以有整根的，多数是"把汝裁为三截"，分为了翅尖、翅中、翅根。翅尖而外，皆多肉，头一回在洋快餐店里见到翅根，还以为是小个子鸡的腿。比起来，鸭翅枉自张牙舞爪地空有大骨架，却有点骨瘦如柴的味道，与肥硕的臀部整个不相称。但在别处的劣势，喝酒时却转为优势——又不是图它的肉。

倘说鸡翅丰若有余，那鸭翅简直就是皮包骨，肉多处也不过是骨头间的丝丝缕缕，加上关节处的脆骨，吃的过程以啃为主，辅之以嚼，几乎没有吃肉的感觉，肉的消息端在有无之间。咀嚼之外，作为载体，所载更在味道。鸭肫、鸭心也能提供咀嚼之妙，却仍伤于太实，易演为另一意义上的吃肉。内脏胆固醇高，在群起讲究健康之道的今日，尤其不宜提倡。鸭四件就绝无这样的弊端。吃时的稍有难度（须动手）还更令喝酒添几分从容，慢节奏里，酒与下酒物，才能"津津有味"。

说到味，已涉于下酒物要求的第二项，便是不咸。据说有人可以用甜食下酒，大多数喝酒的人恐怕还是视此为旁门左道。"下酒物"常被归为"下酒菜"，"菜"为咸味，至少对中国人，不言而喻。然下酒菜不同于下饭菜，下饭菜不妨咸一点，下酒菜则不宜太咸。盖"吃"贯穿于"喝"的全过程，此时的"吃"大多又以"菜"为限，不及于"饭"，若下酒的如同下饭的那般咸法，那还不齁死？

鸭四件是可当零食吃的，零食的定义之一是可以空口吃，据说成都街头拿在手里啃的淑女，不在少数，这也就见得不会怎么咸了。以我所见，鸭四件多半是卤的，鸡翅有烤的有炸的，鸭翅大概是过于皮包骨了，烤与炸两皆不宜。此外较常见的是和黄豆一起红烧，也不咸。

当然话不可说绝，自川菜四处攻城略地以来，各地方的人似也在向着重口味一路高歌猛进，下酒菜跟着水涨船高。南京一地旧有的下酒物固然还是维持着一向的清淡，新进的有些品种可就大悖"有味而不咸"的原则了。好在人的口味是有"常"又有"变"的，像其他事情一样，"吃"上面越轨的冲动有时在明知不合常规的情况下也仍然不可遏止。且说一样与鸭四件沾亲带故的吧,我说的是鸭脖——不论作为零食还是下酒物,此物都称得上迅速崛起的新秀。

鸭脖子南京人并不陌生——南京号为"鸭都",鸭身上的一切南京人皆不会放过。只是过去并不像鸭四件那样可以自立门户,通常都是以整只烤鸭、盐水鸭的边角料出现。卤菜店的规矩,买半只鸭则搭鸭脖或鸭头,半只鸭还可再析为前脯后脯,前脯什么都不搭,后脯通常搭一截鸭脖。鸭头早有单卖的了,一些酒店里甚且号为"金陵鸭头",鸭脖却始终是附庸地位。按说鸭头、鸭脖很合于下酒物筋头巴脑的要求(尤其是鸭脖),问题是整只地卤制,要让鸭身上肉厚处也入味,结果必是这些部位偏于咸,不像鸭四件,自成一体,味的浓淡上可另有尺度。

想不到在鸭脖上做出了文章的是吃鸭之风远不如南京之盛的武汉人。曾几何时,南京的大街小巷,到处都见卖鸭脖的了,论根卖,十元钱三根。好多连锁店,并非只卖鸭脖,也卖其他的零嘴,却都以鸭脖相号召,足见已是深入人心。而在吃鸭脖上面,我比大多数南京人领先了一步。

到武汉出差,其时"精武鸭脖"尚未走向全国,却已是风靡武汉三镇。打道回府之前,同行的人齐赴号称正宗精武鸭脖店所在的精武路,左近一带,数不清的店家,沿路一溜不锈钢桶,里面盛着卤汁,麻辣之气,扑面而来,无数的鸭脖堆在案上,让人遐想那些鸭子的去向。我们各人买了许多上火车,原是准备当土特产尽数带回的,火车开动后聚在一起喝酒,就想,何不拿些来做下酒菜?

也不知是否因有"正宗"的暗示,觉得较之后来在南京所食,特别肥大,仿佛武汉的鸭子一概甲状腺肿大。下酒无须肉多,但毕竟是鸭脖,拢共骨头缝里那点肉,还是活肉,且以那么重的味道,没点肉也架不住——真是辣,真是麻,也真是咸。或者是因为在车上,不安定的环境,喝酒也相应地是豪放的喝法,倒也不嫌味重。不仅不嫌,而且上瘾。吃得大汗淋漓,甚且汗珠子吧嗒吧嗒朝下掉,嘴里丝丝响着不胜唏嘘地,还是刹不住车地要吃。倘要练酒量,绝对要得——单是要压下那刺激性的重味,你也会不住地喝酒。那晚上一直喝到天亮,两大包鸭脖吃下去,啤酒喝完了继之以白酒。

当然是痛快,不过那是"非常道",此外也因大体上喝的是啤酒,似乎大口灌啤酒才压得住,倒像是以酒来下鸭脖了。所以倘回归喝白酒的主流,还当鸭四件。

海　蜇

我一直以为海蜇属海藻一类，就像海带。后来才知道，海蜇是动物，腔体动物。按照意识中朦胧的划分，动物在餐桌上，那就属于荤，是吃肉的干活。但吃海蜇，不拘海蜇头还是海蜇皮，实在没有吃肉的感觉。海里的动物自然与陆地上的不一样，不能以牛猪鸡鸭的肉相要求，我的标准是鱼虾，再退一步是贝类，问题是海蜇连海螺肉那样的也靠不上去。猪耳朵——卤制的那种以其咬嚼的口感唤作"层层脆"——吃起来也是咯吱咯吱响，我认它为"荤"。海蜇真的难于相认，看上去也很难产生"荤"的联想，一点也不"肉"感。

我曾经强烈地要求知道它是什么样，因为第一次吃海蜇时我觉得它与此前吃过的一切东西都不一样，我一口咬定它"像假的"，像吃塑料。下一回大人因势利导就派我洗海蜇头，虽然肯定洗不干净，还得他们重洗。那么一个脏兮兮的疙瘩，有点像大头菜，洗净切出来是混浊的半透明，没有什么特别的味道。

我对海蜇的恶劣印象在好上喝酒以后大为改变。我怀疑有一部分是因为家里弄得不得法，虽然都是凉拌，别处餐桌上看相、味道都好。还有一部分当然是作为下酒物特别相宜。

海蜇本身没什么味道，或者说，那味道恰是吃前要洗净的。不靠海的人吃到的都是经腌渍的海蜇，你可以说那是一股海的味道——海的咸与腥。有一回买了袋装的海蜇丝回来，也没看说明，以为是开袋即食，结果可想而知。大体上说，海蜇是要你给它味道的，当然可以随心所欲，不过我以为，与许多凉拌菜一样，醋和麻油最是不可少（用芥末又当别论）。给它的味道，加上它主要提供的特别的口感，确乎特别爽。

海蜇想来也是以肥厚为佳的吧？上品的海蜇吃在嘴里会有一种丰腴的感觉，"肥"是很好的形容，然而却是清淡爽滑的肥，一点不腻人。以我的经验，下酒菜当中，最不腻人，吃了等于没吃的，大概就要数海蜇了。所谓"吃了等于没吃"，是说嘴里尽享咀嚼之乐而肠胃没半点负担——理想的下酒物，这应该是一端了。

但是这腔体动物还是不要看的好。市场上见到的都是处理过的，是局部而非整体，我一直不知道囫囵的海蜇是

何物下酒　37

什么样,更没见过这动物怎么个"动"法,直到几年前游威海。在长岛,有个节目是跟渔船出海。那天下雨,穿了雨披在甲板上看海,忽有人指着不远处大嚷,原来是有个怪怪的东西漂浮着,看上去近乎皮肤的颜色,有人一惊一乍地猜,不会是浮尸吧?船上的人道,是海蜇。足有半米吧?我没想到海蜇竟有这么大。后来在岸边看到同样的,与人一起试探着捞上来,水母似的,好大的一摊摊在那里,软塌塌且像许多软体动物一样,周身晶亮的黏液。有人便道瘆怪(恶心),说以后没法吃了。

不知道那人此后是否当真见海蜇就不动筷子。我心理承受力还行,照吃不误,尤其是喝酒的时候。

凤尾鱼

凤尾鱼长得很漂亮,很大的尾鳍,比身子还长,游动时舒展开来,金鱼尾巴似的,色彩斑斓,宛如水中孔雀开屏。可见"凤尾"并非浪得虚名。可惜我都是从图片、影像上看来的,亲见的凤尾鱼,则已是"盘中餐"的范畴。确切地说,是装在铁盒子里。

我说的是一种罐头,长圆形的扁盒子,凤尾鱼掐了头去了尾一条条整整齐齐码在里面。南京不靠海,菜市场上海鱼的品种就那几样,凤尾鱼是不露面的,所以罐头差不多是我们与这鱼接触的唯一机会。看到图片之前,我一直不知道凤尾鱼有那样近乎奇幻的尾,即使罐头标贴上,它的完整性也是打了折扣的,只有头和身。不过身体的部分也很秀气,体长而扁,向后渐细,如同一把细长的小刀,却不似秋刀鱼那样有一股凌厉之气。当然也和小有关——凤尾鱼只六七厘米长,所以除产区的人晒干蒸食外,大体上只宜于油煎或油炸了吃。罐头里的便是炸的。

罐头食品比不得新鲜东西，在今天大都是不得已才吃，当年在我辈心目中却很是贵重，有罐头吃即使在城市里也是很高的待遇。出现概率比较高的地方是医院，探视的人网兜提着，随即出现在病人的床头柜上。我平生第一次较大规模地吃罐头，是十来岁时生病住进军区总医院。按照经验判断，病很快就好了：老话说的，能吃就没病，而我住进去没两天就已经开始惦记床头柜里的罐头了。那里面有一盒就是凤尾鱼，不知什么人送的。

但母亲不让吃，说油多，病中吃了对消化不好，好像她和父亲还怪人家怎么送这个。我只被允许吃水果罐头，糖水橘子、糖水梨什么的，玻璃瓶装瓶口封死的那一种，隔着玻璃可以看到橙红的橘瓣、黄白的梨块在糖水里漂浮。对我而言，比新鲜的水果更诱人，因为真是甜啊，而且在瓶子里，无言中即有一种身份。只是没准我对凤尾鱼罐头更好奇，因它是全封闭的，打开来才知道是什么样。

这罐头我出院时带回了家。没想到还不让吃，打坝的是老阿姨，每每试探性地提起，老阿姨便正色道："好好的，吃什么罐头？"或"有菜有肉的，还要怎么样？！"好像要什么隆重的场合才能享用。久而久之，家里人都忘了凤尾鱼的存在，但我是时在念中的。某日父亲终于恩准说，放那么长时间了，吃掉罢。于是我乐颠颠开始满世界找开罐器。

因为不常吃罐头,许多人家都不备开罐器,即或有,也往往不知放在哪个旮旯里。急切之下就动粗,使菜刀。糖水罐头通常是在封口的铁皮上划出十字形的口子,四面往外揭,从翻翘如锯齿的铁皮中间探进去捞水果,很有几分恐怖。铁皮罐头则是拿了菜刀以一角沿着外沿一圈一点一点地剁,总要剁上大半圈才揭起,边缘直似獠牙,不小心就划破手。这一回便是找不着开罐器,我操的刀(开罐头而曰"操刀"似乎对不上,实情则确是如此),手指上弄了个口子,也没有什么"伤不起",丝毫没影响食欲,只是所得是笼统的香,好吃而已。

由重心在罐头到领略到凤尾鱼的妙处,已是上世纪八十年代初的事。那时对罐头食品的祛魅尚未完成——仍是金贵,价钱上就看得出来,一听三元多钱,两盒"三五"烟的价还不止,商店里时常断货。我时不时吃到,还是沾了日本人的光,是大学三年级,跟一个叫绿川的日本留学生同住。这老兄是个酒鬼,每天必喝。酒是"敦煌洋河",下酒菜一成不变的,就是凤尾鱼罐头。每隔几天他就去一趟侨汇商场,拎几瓶酒和一堆罐头回来。"敦煌洋河"是抢手货,过节时凭票,侨汇商场保证供应,那里的罐头花样也比外面多得多,但绿川就盯着凤尾鱼,也许因为是日本人，爱吃鱼。

一个人喝酒闷得慌，此外也是出于礼貌吧，绿川常邀我同喝，到后来熟不拘礼了，即使我正在做事，也硬拉了我一起喝。偶或我会想起买点花生米、盐水鸭之类的下酒菜，但不经常，因为没钱，也因两人都是夜猫子，喝酒常在深更半夜。凤尾鱼罐头因此往往是唯一的下酒物。吃的回数多，就辨出味儿来了：下酒，真是好东西。

像我辈小时那样崇拜罐头，认定罐头代表着"高级"，当然是个大大的误区。除了物资匮乏没东西可吃因而几无辨味的余裕之外，也是对工业流水线上下来的东西感到新奇，慕为"洋派""现代"的缘故。罐头食品最糟糕的地方是用防腐剂，水果罐头那样要算是好的，反正相当于腌渍吧，熟食类的东西，不管原本是炒的烧的，也不管是荤是素，食物的鲜与香，破坏殆尽，口感则一点也说不上，唯余一股子腐味。不能说是坏味，但绝对味道不正；不能说是腐烂，但与烧菜稍稍过度的偏于软烂全不是一回事。红烧肉、蘑菇鸡丁、午餐肉……吃起来一样是木腐腐的。比较起来，凤尾鱼罐头就好得多。鱼小，油炸，打开来汪着许多油，大概油本身便有防腐的功能，所以防腐剂用得不铺张，至少吃不大出来，虽经处理，仍不失其"精神"。

其实鱼罐头也多种，凡小鱼，多为油炸。但我仍以为凤尾鱼是最好的，若是下酒的话。有一种"豆豉鲮鱼"，肯定也经油炸过，却伤于大，炸不透，易散碎。凤尾鱼的玲珑令它即使在罐头里都能有几分外焦里嫩的意思。后部细长的一条固然连鱼骨（隐约其中）也酥透了，很有嚼头，前面肉多处则肉紧而完整。凤尾鱼肉质细嫩，有其特有的鲜香，只是特别处只能意会，我道不出来，不过有此两条，下酒谁曰不宜？

罐头原是为便于携带、贮藏而设，"有备无患"的性质，平日不觉，到了"紧要关头"，才悟得罐头"此中有真意"，倘要下酒，凤尾鱼就是最好的选择。

有酒便喝，更有何"患"呢？患在无下酒菜。那么备上几听凤尾鱼，反正经年不坏，平日尽可忘诸脑后，某日大风大雨不能出门，又或半夜三更忽有所动，起杜康之思，遍搜冰箱食橱一无所获，此时不意于家中某个犄角旮旯里发现凤尾鱼罐头一枚，想想看，是不是有望外之喜？"快何如之！"

人在旅途，也能更见其妙。上世纪八十年代初与人同上黄山，行前耳朵里早已灌满山上食物贵得离谱的种种传说，遂各背了干粮、罐头上山。晚宿玉屏楼，到底是年轻，爬了一天的山，犹自精神抖擞，统舱似的大屋里挤挨着几十张上下铺,床位紧张,须两人挤一张床,也没法睡,有人就提议,干脆不睡了,喝酒,熬到清晨径去看日出。

于是各出私藏,在地下铺上塑料雨衣,围坐着便喝。我带的是凤尾鱼——彼时彼地,此情此景,其实是不辨好歹,吃嘛嘛香的——众人吃了却都称带上来的东西中,此物下酒最好。有一位比较夸张,吃了一口便瞪了眼大嚷:"头子!头子!——这个下酒,绝对是头子!"像是遇到美女似的惊为天人。"头子"是南京话,绝顶、没得比之意。凤尾鱼下酒上面,我算得上是曾经沧海了,众人赞叹声中,只作矜持一笑。然而事实上,那也是我吃凤尾鱼记忆最深的一次。

烧　鸡

将烧鸡列为下酒物，有违"吃了等于没吃"的原则——太实在了，已然近乎大块吃肉。而且以烧鸡为准的话，凡冷盘都可充下酒物了，太泛。但是喝酒与他事一样，有"常"也有"变"，"变"是非常态，通权达变，就地取材，因地制宜，则常态下不属下酒上上之选的也充做了下酒之物。

这"变"态是在火车上，对我而言，确切地说，是上世纪七八十年代在南京到北京的火车上。显然，关乎记忆，而不是原则。

烧鸡在现今南京的卤菜店里早已不是大宗。其实南京人对鸡的兴趣远低于鸭，当然，有还是有的。大的分类上说，烧鸡属传统制法，古已有之，南京那么大个地方，于南北各种食物兼收并蓄，至少是来者不拒，烧鸡也该遍地开花才是，但是上世纪七十年代市面上几乎是见不到的。这当然关乎时势——不独烧鸡，什么都少，即或有，买的人也少，没钱。直到个体户出现，街头巷尾才忽地冒出许多小店小摊，那也意味着晚上斩鸡斩鸭回去吃饭已经可以是一种较为普遍的选择，尤其是夏天高温酷热，不愿下厨做饭的时候。

个体户的烧鸡各出手眼，门派不一，待"南农烧鸡"出，才有了一个品牌。"南农"是南京农学院的简称，它的食堂推出烧鸡四处卖，就是属于"创收"的性质。单位食堂原先都是内部性质，不对外，那段时间却在各自想辙，轰轰烈烈将自做的面包、蛋糕、包子、馒头之类拖到大街上卖。只是大多都是捞几个小钱，像"南农烧鸡"这样创出品牌的，绝无仅有。我对牌子有印象，除了一段时间名声大噪，南京人排队抢着买之外，还因冠以单位之名，很是特别——多少还是利用了彼时人们对"国营单位"的信任。不像今年大卖的一种西瓜，特以"南农"研制的新品种相标榜，"南农"肯定不研究烧鸡，这二字当然也不提示什么味道，毋宁是以"国营单位"的身份来赢得信任吧？

"南农"在烧鸡界一枝独秀之时，烤鸡已经开始在南京登陆抢滩了。烤鸡与烧鸡，是后浪前浪的关系，其反传统从器具上就见得出——是用西式的烤箱，上面镶着耐高温的玻璃，烤时里面灯亮着，看得见架起来的鸡油亮亮的在里面缓缓地转动。就是为此,卖家常标榜现烤现卖,且突出一个"电"字,称为"电烤鸡"。一样是烤,口味却时不时地出新,差异化往往体现在往鸡肚子里塞什么进去。有一阵好像是从上海传来的,兴往里揣香菇还有别的,起个颇累赘的名,叫"八珍香菇电烤鸡",到处卖,一度颇有将烧鸡扫荡出局的意思。

烤鸡不似烧鸡用草鸡,都是养鸡场长大的洋鸡,个头大,看相好,又有新鲜感,难怪颇能引领潮流。就连分解的方式也不一样:烤鸡买时店家帮你斩好了拿走,烧鸡买回来则是囫囵个的,拿回家自己用手撕扯成一块块一片片,你若跟卖的人提议帮忙剁一下,他也不搭理你,规矩就是如此。奇的是萧规曹随,即使烤鸡整个拿回来了,你也是剁,烧鸡就一定是撕,而今"香菇鸡"的时代早已过去,时兴的是更带洋味的"新奥尔良烤鸡"之类了,撕与斩的区分格局还是依旧,其中的道理我到现在也没想明白。

当然,这是扯远了,说酒与烧鸡的关系,我必须限定在前"南农烧鸡"的时代——在那之前烧鸡不多见,没什么外地人在南京开店,因此也可以说,是一个"土特产"的概念仍能成立的时代。这才见得火车上的吃烧鸡,弥足珍贵。过去有"四大烧鸡"之说,辽宁的"沟帮子熏鸡"、河南的"道口烧鸡"、山东的"德州扒鸡"、安徽的"符离集烧鸡",都是以地名鸡,从南京到北京,铁路要经过符离集、德州,已是四得其二。

先到安徽宿州的小镇符离集。这地方就是烧鸡出名,其他我们一概不知,没有谁知道符离集什么样,因为没有人会离开车站一步,所以全部的概念就是那个小小的站台,站台上满是提着篮子卖烧鸡的小贩。小地方,上下车的旅客极少,停车时间自然就短,小贩的兜售绝对争分夺秒。想必听到火车进站的鸣笛声便绷紧了神经,如同在起跑线上等待发令枪,不待火车停稳,站台上已然大乱,"烧鸡,烧鸡,符离集烧鸡!"的叫卖声此伏彼起,充溢于耳。乘客固然有下了车去买的,更多的担心误车(且车厢里人满为患,行走也不方便)便倚窗呼小贩,于是车上车下,热闹非常,嚷成一片。火车说走便走,想买的时不我待,敲着车窗不住地叫:"这边!这边!"这边叫,那边嚷,小贩首鼠两端,莫衷一是,不住地折返跑,正跑半道间,车上那一位担心鸡不再来,志在必得忽然加码,大吼:"我要两只!"小贩没准又奔大买主而来,身后跟着的,是一片责骂之声。忙乱间车已开动,有交易尚未完成的,紧追着把烧鸡交到车上人手中,真称得上是千钧一发的买卖。

这一番兵荒马乱,要到重上征途十数分钟后,才算重归于安静。虽然造成混乱局面,还有人因没买上而置气,我总以为透过现象看本质,这其实是乏味无聊的旅途中的一种调剂,对乘坐硬座的乘客,尤其如此。二十个小时的车程,那么多人挤在一起,什么也干不了,挥之不去的,就是时间,此时有个什么事打个岔,总是好的。何况烧鸡买了之后,还有后续的活动。

火车上"活动"的空间有限,过去的火车,硬座车厢总是人满为患的,坐票之外还有站票,就更无空间可言,所谓"活动"只能在座位上进行。大体是两样,一是打扑克,二是吃喝。这两样有个共性:都可"持之以恒",最能消磨时间。二者当中打扑克最是有声有色,却要凑成搭子,吃喝则独自一人也可唱独角戏。最能"持之以恒"者当数嗑瓜子,动静最大的则当推喝酒吃烧鸡。

过去的"绿皮火车"有个好处,乘客都是相向而坐,中间有小小台面,——餐馆、咖啡馆有所谓"车厢座",出处就在这里。长时间面对着陌生人不愿搭话的人,一举一动就在对方眼皮底下,无可回避,是桩很别扭的事,不过于喝酒却好,若两三熟人一起喝,天生就形成一个聚饮的局面。(现在车上都改为飞机座,人人冲着一个椅背,放下小桌板,即使一人自斟自饮,也觉不对味。熟人同行,倒也可将座位转个向,只是那样大动干戈起来,整得动静太大,而且虽是地方宽绰,却再无车厢座相当之紧凑的饮酒氛围。又以到达目的地不似原先的遥遥无期,动辄一天半天,所以现在车上饮酒的人大为减少,即或有也是向隅而饮,一无绿皮火车上的公开性和声势了。)

论饮酒"声势",烧鸡实以成之。酒与烧鸡是"火借风势,风助火威"的关系,一包花生米,几块卤豆干,是小酌的性质,烧鸡上来,就有拉开架势喝的意味了。烧鸡都是囫囵买来的,当然是手撕,或者是且撕且食,先行一起撕好了,也不见有人用筷子,都是拈一大块在手,啃。一手持杯一手执鸡,比起捡粒花生米丢嘴里,或用手捻去花生皮的动作,看着豪放多了。旅途中,火车上,往往是即兴的饮酒,有备而来的不多,即有也不会备了酒杯上车,便用喝水的杯子、茶缸,与徒手操练的吃鸡很是"般配"。

于是烧鸡的味道和着酒香,在车厢里弥漫开来。当年有过坐火车经历的人都有体会,因为人多东西多拥塞不堪,车厢里的气味,真正是一言难尽。打底的人的体味之外,单以吃食的味道而论,炒货的味道、卤菜的味道、方便面的味道、盒饭的味道……混在一起,形成混浊的气味的交响,而酒的气味总是能脱颖而出,仿佛齐奏当中一件独奏乐器冒出来，其存在格外分明，虽然与饱嗝、胃酸同在时并不那么好闻。烧鸡的味道不像酒那样明快洋溢，却也有某种侵略性，烤鸡的香气在烤时热时，烧鸡的气味本分些，却是更持久的。在我的印象中，又总是和酒的气味混在一起，"沆瀣一气"。

曾在什么书上看到过对英国刻板绅士气的戏谑，说英国人哪怕在丛林、沼泽里也能衣冠楚楚一本正经坐下来吃大餐。中国人自己给自己在脏乱拥挤中创造小环境的本事一点不差，只不过是另一极——特别能将就。车厢里挤成那样，几乎是人贴着人了，就着车厢座那一点小小桌面，也能好整以暇喝起来，这是现在恐怕不会见到的画面了：几个人在喝酒，临窗的那一侧是外人，紧挨着的一老头在睡觉，一老太在打毛线，过道里是中途上车没坐票站着的人，紧抵在身边。我们四人像是在包围中喝酒吃烧鸡，旁若无人，方寸之地那氛围居然可以有它的一份完整性。

事实上酒与烧鸡并不同在，尽有吃烧鸡而不喝酒的人。将酒与烧鸡"混为一谈"，盖因对喝酒吃鸡的场面印象深刻。有次车到德州，时间似乎已是凌晨了，车厢里的人大都昏昏然在睡，我因惦着要买德州扒鸡，车一进站就打起精神，凌晨的车站有一种睡意蒙眬的清旷，叫卖声似乎是带了回音的，也还是热闹了一阵。邻座有几个徐州的小青工打了一夜的牌，此时买了两只烧鸡，居然开始喝起酒来。有个大块头咬了口鸡便说不对，其他几个也附和，说个头太小，不是鸡。——不是怀疑鸡变质，是说拿别的玩意儿冒名顶替。是什么呢？结论是乌鸦。

那一阵火车上关于烧鸡的真实性有很多传言，我去云南在某个小站买一种卤味鸡，也听人议论是以一种什么别的飞禽冒充的。因肚子饿没别的东西可吃，这时我已打开了刚买的烧鸡在啃。与符离集烧鸡相比，似乎也没什么特别，所谓"脱骨"不过是说卤得酥烂，骨头似不待拆解便脱落，但符离集烧鸡也这样啊！因听那几个说乌鸦，我也住了嘴察看一番，个头是小了点，发育不全的样子，吃却吃不出什么来，因我根本不知乌鸦是什么味，当然，拔了毛的乌鸦什么样，我也不知。

那几个愤愤然骂了一通小贩的无良，好像很快又和"乌鸦"和谐了，吃得津津有味，喝得啧啧有声。有人嫌吵闹，呵斥了一句，他们也还自觉，改为压低了声地说笑，只是过一阵，又嚷嚷起来。是其中一人私藏了一只鸡，众人逼着他献出来，那个辩说要带给北京一亲戚的，另几个就不依。嚷嚷声中，我盹着了，迷迷糊糊地还在想，那只鸡十有八九是保不住了。

奶　酪

我越来越相信,没有什么事是"当然"的,所谓"当然"——即使"当然"到"天经地义"的地步——回头想一下,大多数情况下不过只是习惯。比如喝酒,下酒菜似乎是必不可少的,中国人不论贫富,也不管喝何种酒,均坚持此一"原则"——可以因陋就简,不可以没有。喝到酒仙、酒鬼级别的,另当别论,多数不免还是会看菜下酒,喝与不喝,经常是视下酒菜的有无而定。计划内的喝酒,自然将下酒菜事先备妥,计划外的喝酒,最普遍的理由是在家里吃饭时发现桌上多了一两个菜,于是便有一念之动。而对下酒菜数量与质量的要求,通常是随酒精度的升高而高上去,大体成正比。

是故很早以前有朋友告诉我,在欧美,喝酒无须下酒菜,就觉不可思议:喝酒怎么能不吃菜?干喝呀?

他们当真就是干喝。而且越是烈性酒越是来得个干净。在外面,时不时掏出个类于扁瓶二两装二锅头(俗称

"小二")的家伙喝上一口,那不能算,在家里在酒吧,有条件预备下酒菜的地方,也只是加了冰块便喝将起来,一口接一口,由酒到酒,下酒菜云乎哉?

当然话亦不可说绝。正经八百地喝烈性酒照例干喝,喝啤酒来点小食,倒偶或有之,我所见大多是坚果、爆米花一类,再就是炸薯条。那年在法国有次由学生领去看场露天的音乐会,摇滚一类,很是漫长,台上在唱,场子后面卖吃的喝的也正在进行,吃的似乎就炸薯条一样,那边唱,这边油锅里炸,倒是从未有过的经验。肚子有点饿,啤酒之外买了薯条,就发现这搭配也还行。

但这都是可有可无的,真正谈得上用下酒菜的,是喝葡萄酒的时候。现今国内已然开始普及的常识,什么干红配红肉,干白配白肉之类,已然将喝酒吃菜的信息传达出来(喝烈酒、啤酒就再无此说)。只是洋人的餐桌上,到底是酒以下菜,还是菜以下酒,尚需斟酌。这是一个喝酒为主还是为辅的问题。以我之见,中国人的吃与喝,往往难分主次,或者说吃喝并举,且吃且喝,合二为一,像古人做学问的文史不分,多人聚餐的时候尤其如此。说"今天晚上有饭局",并不只是吃饭,说"今天晚上喝酒",到时候必有整桌的菜(所谓"酒席"有时倒可以无酒而成"席")。一顿下来,酒没少喝,菜也吃得不少,总之吃与喝,都没耽误。西方人则大体上吃是吃喝是喝,喝酒当真就可以照字面去理解。吃连着喝的固然也有,比如饭后来两杯,却多半是离了餐桌到客厅、书房,或是出了餐厅奔酒吧了。他们的酒会真正是酒会,除了酒任什么没有,甚至不让坐下,端只酒杯四处游走,便已是酒会正在进行时了。初到此场合的中国人游目四顾,桌子也无一张,哪里见得着下酒菜?

至于葡萄酒,"开胃酒"三字已经给它定位了——乃是用餐的引子。上世纪八十年代,干酒少见,盛行的还是甜葡萄酒,有次见到一种名为"佐餐"的酒,一元多钱一瓶,有点好奇,就买了喝,味道与其时流行的"通化葡萄酒"无异,另立名目而已,不过倒是道着了此类酒的功能。既然中国人吃喝界限不明,我们也就是拿来当度数低点的酒喝。

葡萄酒并非只有佐餐之功,也可以唱主角的,只是不在餐桌上,即或在餐桌上,也是撤下了饭菜之后。好多年前在法国教书,有次到一法国朋友家做客,用餐时照例有红酒,饭罢收拾已毕,主人又拿了两瓶红酒来,已打开醒了一阵的。先前的酒只是帮衬的作用,佐餐嘛,仿佛题中应有,配角的性质。此时的红酒则似主角登场,客人又闻又尝又赞的。俄尔主人又端出一个大托盘,上面是各种奶酪,软的硬的,干的湿的,白的黄的,刺激的平淡的,都有，引来一阵欢呼。

法国的红酒、奶酪闻名于世，早就听说。原以为并举不过像什么"双绝"之类，各臻其极，两样都很棒，足以代表法国美味而已。不知对于西方人，二者还是一种固定搭配，在法国人那里，更是绝配，说起来简直是二位一体了，倘沿用我们的"下酒"一说，老外的下酒物，首推奶酪。后来国内"红酒奶酪配"热闹过一阵，似乎也只是传得神乎其神，未必当真有多少人领略其妙，说得热闹，多半起于减肥的神话：据说红酒、奶酪皆有助于脂肪的燃烧，特别是腹部脂肪，睡前喝点红酒吃片奶酪，作用明显。甚至多长时间降多少公斤体重，数据都出来了。在洋人，这没准只是"追认"的性质。想想看，红酒奶酪配早已是"传统"，减肥之成为主流观念，那才有多少年头？至于在国内人群中也得追捧，则我猜想很大程度上也要归于健康以外的理由：红酒、奶酪因其洋派，原本就小资味十足，加在一起，双倍的小资，红酒奶酪配，即使并不当真养成习惯，说道说道，也就尽显"格调"了嘛。

我敢肯定就算确有减肥之功，西人（尤其是法国人）钟情红酒奶酪配也肯定首先在其提供的口舌之快。这从他们奶酪下红酒时心满意足的表情里可见一斑：健康当然是众所祈求的，然美味才让人陶醉。那天晚上见识了许多奶酪，也算开了眼了,于此道却是彻头彻尾的外行,他们热情指点的门径(不是轻盈的红酒要配清雅的奶酪,浓烈的红酒当取重口味的奶酪之类的一般原则,是诸多产地、品种的繁复细致的讲究)听得我一头雾水。后来偶喝红酒,佐以奶酪,对这搭配的妙处也不能说全无领略,却终是大概其的领略。一般的说法是,奶酪可令红酒在口中的味道更饱满而悠长,红酒则可盖掉奶酪的腥膻霉臭而存其蕴藉的醇香。前一项我颇能体味,后一项则富于异味的奶酪我通常敬而远之,普通奶酪则不腥不膻不霉臭,于是就不能体会了。

不管怎么说,奶制品下酒,对中国人而言终属异数,云南大理那边有拿乳扇下酒的,但既经油炸,似乎又当别论了。事实上西人葡萄酒那种喝法也是隔教,此饮酒非彼饮酒,至少不是我们看菜下酒的那种喝酒。说下酒之物将它归进来,也只是异国情调,聊备一格罢了。

关于红酒配奶酪的由来,我还没看到过什么说法。中世纪许多修道院大酿葡萄酒,戒斋期不准吃这不准吃那的,葡萄酒某种程度上是度过斋期的储备,奶酪以其易于贮藏又为戒律所不禁,没准和葡萄酒有同样的功用。若然则彼时二者作一处便是自然而然之事了,——像很多食物及其搭配一样,后来视为美味的,起初不过为了果腹而已,何"格调""浪漫"之有?

且来把盏

烈　酒

俄罗斯人的酗酒是有名的，成了社会问题，以至于苏联时期戈尔巴乔夫当政时要颁布"禁酒令"。好多国家历史上都有过禁酒之举，但到二十世纪下半叶，还如此大张旗鼓地禁酒，似乎只此一家。而且历史上的禁酒有好些是"醉翁之意不在酒"的，比如中国唐代的禁酒，就是为了酒税，戈氏禁酒则正是冲着泛滥成灾的酗酒行为去的。就这个缘故，我一直以为俄罗斯人是世界上喝酒最凶的，又因俄罗斯人最爱喝伏特加，我就想当然地以为，伏特加是世上度数最高的酒。

当然还有些道听途说为支撑，比如说伏特加都是七十度，比如说伏特加入口如饮酒精，强悍无比。有位从俄罗斯访学归来的朋友，说他有次在莫斯科亲见一酒鬼不舍下台阶时打翻了的酒，伏下身勾着头在下一级台阶处等着酒顺势而下，一直张着口承接。后面一个段子根本不能佐证俄罗斯人的酒度数可以称最，但也和其他说法混在一起，助成我关于俄罗斯人饮酒及伏特加度数的夸张想象。上世纪九十年代有个朋友送了瓶俄罗斯伏特加，一喝之下，虽然劲头不小，却没有想象中的烈，再看瓶贴，酒精度是四十。据此我居然怀疑那酒不正宗，打电话去盘问，对方坚称伏特加普遍就这度数。我以他不好酒的缘故，料他不知行情，不予采信。后经多方打探，方才知道，朋友所说是实，伏特加的神话，在我这里遂戛然而止。

将伏特加单和俄罗斯人嫁接在一起也是不对的，因为北欧国家都有酿造。因酒瓶得过设计大奖而名声大噪的 ABSOLUT 即是瑞典的伏特加名牌。事实上欧洲的烈性酒都在四十度上下，不拘小麦酿的威士忌，水果酿的马爹利，都是如此。为何都是这度数，形成一种标准，就像中国的白酒大都五十度出头一样，不得而知。有一阵国内风行低度白酒，好些老牌厂家都于传统产品之外推出新款，不约而同，都瞄着四十度做文章，起先不解风从何处起，知道了洋人烈性酒的行情也便豁然开朗——敢情是和国际接轨哩。

但烈酒这一项上的"接轨"似乎远比糕点之类来得艰难，中国酒徒对低度酒大都不买账——喝惯了度数更高的，都觉低度酒有股水味，薄，寡，不如五十度以上者来得醇厚过瘾。好酒与否，好像也以此划下了道儿来：酒桌上接受低度酒的人常因此被鄙视——"会喝酒吗你?!"如此看来，即使不谈口感的独树一帜，中国的白酒就酒精含量而言也是可以傲人的，五十度是基本面，"金门高粱"奔六十而去，"红星二锅头"有六十五度的，"五粮液"有一种特制的，达到六十八度，——传说中七十度的伏特加没见过，这"五粮液"也就庶几近之了。上面所举都是大品牌，还有些名不见经传的，当真有七十度。

七十似乎也就是上限，我怀疑伏特加的神话，没准倒是比着中国白酒的上限而传开来的。当然不可据此断言中国人在酒量上可以称孤道寡，正像不可依俄罗斯人的酗酒推论伏特加度数最高。若以大口小口论高下，洋人怕是要占上风：他们根本没有抿一口这回事，而且也没有下酒菜一说，用我们的术语，那是"干喝"。中国人喝酒的豪放常见于拼酒之际，日常状态的喝酒就见得婉约，老派的饮者抿一口之后往往还继之以咂嘴的动作，颇有一唱三叹之致。有意思的是，咂嘴之举似乎只限于烈性酒，或者也是酒烈使然，既是回味，也是对酒劲的某种本能缓冲吧？那也算是一种"痛，并快乐着"的表情。要是喝葡萄酒、啤酒也咂巴起嘴就不大对头。

洋人烈性酒里也有度数高的，我在瑞典—芬兰的游轮上喝过一种奥地利产的酒，今忘其名，居然也有六十五度，但这是例外，四十度才是常态。关于洋人的烈性酒，印象最深的是在法国教书时，有个学生因知我爱喝酒，从老家布列塔尼带了一大瓶他外祖父自酿的酒送我。布列塔尼有以苹果酿烈酒的传统，据他说最高可到八十度，送我的这瓶，在七十度以上。洋烈性酒口感上的讲究，与我们别是一路，"绵""软"若有的话，也要另作分解，度数如此之高，又是自酿，更其直来直去，一口下去，真正是醍醐灌顶。那酒好大一瓶，我就搁在公共厨房的桌上。没有瓶贴，宿舍中人见了好奇，都会问一句，也就是问问而已，我也只说是家酿的酒，一言表过，未曾提过其非同一般的"烈"。偏偏某日一女孩张见，问了之后说可不可以尝尝，——那还用问，请吧。

我说过的，他们没有抿一口之说，她又不知深浅，逮着就是一口，喝了之后的表情，不夸张地说，是如遭雷击。片刻的目瞪口呆之后，两手就在口边不住地扇，半晌只挣出一个词，反复地说："Fire! Fire!"

红酒的身价

以颜色给酒分类,不知起于何时?似乎限于三色:红、白、黄。但并不完全是从酒的色泽而来,陕西有黑米酒,但并不说"黑酒",事实上迎着亮光看,实亦还是红。陕西又有稠酒,较之通常所谓"白酒",更近于白,乳白,但只说"稠酒",而我们口中的"白酒",其实无色透明。是知红、白、黄云云,都是专名。白酒专指烈性酒,黄酒专指绍兴酒,红酒则是干红葡萄酒的代名词。

我上大学时似乎还没有红酒一说,至少一般商店里看不见。葡萄酒早就有,都是甜的,名头响的是"吉林通化葡萄酒",也就一块多钱一瓶。同学间聚餐喝酒,除了整白的,就是这个。大概要到上世纪八十年代末,干酒才算登场,打先锋的是干白,"长城干白",而后是干红跟进。不拘干红干白,都是舶来品,很多人喝不惯:有点酸,有点涩,像是坏了。还有一样,是喝起来太费事。

那时我们喝的酒大多是金属瓶盖,现今啤酒瓶上用的那一种，一扳就开，没工具亦无妨，将瓶口对桌凳边沿，卡死瓶盖一磕，应声而下，牙口好的干脆探进嘴里用牙别住，也能撬开。方法确乎原始，然而解决问题。干白干红用的是软木塞，那时酱油瓶虽也用木塞，却只比象棋子厚一点，弄把剪子就撬了，干酒的瓶塞则有小手指那么长，若没有螺旋的开瓶器，真是"一木当关，万夫莫开"。

我第一次喝干红，与瓶塞间便有一场遭遇战。是买回来招朋友同喝，开开洋荤，不想到时候几条汉子对了一瓶酒，居然无计可施：用刀用钥匙撬，撬不动；拍瓶底，没动静；用螺丝钉拧进去再使老虎钳往外拔，螺纹太浅挂不住，一使劲，螺钉自己倒是出来了，瓶塞我自岿然不动。弄了半天，瓶塞已被蹂躏得惨不忍睹，却仍是酒在瓶中，我们在外面，一塞之阻，隔瓶相望，就是不得到口。如何是好呢？我已无心恋战，要用暴力手段，干脆敲断瓶颈，幸而有晓事的阻拦，说弄不好酒与瓶，同归于尽。最后弄断筷子两根，终将塞子捅入瓶中。开始酒满，木塞堵着，必得用筷子将其逼到一边，这才好倒，待喝到一半，木塞横着浮在酒上，让我想起一道菜名，叫"乌龙过江"。

以当时的孤陋寡闻，就觉这样难伺候，很可见出它的尊贵。其实不待这番折腾，看价钱，也就该肃然起敬：一瓶酒，四十块钱上下，而当时一般人的工资，也就两三百。相当长的一段时间，干红干白就在这价位上，我们的工资也不见动静，这已足以将我们维持在某种须仰视的距离上了。我不知道是否就在这时，干红干白一举确立了"高档"的地位。但真正风靡起来却是上世纪九十年代中期以后的事，也不知是国人喝酒的口味当真发生了变化，还是价格开始接近群众，总之到处都见干红干白了。开始是红白并举，再后来，也不知是何缘故，红酒已是一统江湖。甜葡萄酒早被挤对得不行，再喝这个，就像喝白酒的喝"烧刀子"，大有甘居下流的嫌疑。红酒则将好多动听的词吸附过来：洋气、品位、格调……

似乎一夜之间，无数的酒厂冒出来，都做红酒。眼见得红酒的身价直往下掉，平易近人到令人生疑的地步。有种牌子的干红，居然十块钱上下就能买到。但是我贪便宜买过一瓶二十来块钱的红酒，口感什么的就不提了，单说一杯下去后红彤彤杯壁尽染，便知必是加了色素无疑。这样的造假，当然很不"格调"，极无"品位"，奈何无数人的"格调""品位"都靠造假带来的低价维系着。又一度听说，国内市场上的红酒全是假的，这话我不信，有几个牌子还是值得信赖的，虽然有些品种质量在往下掉，但这是人家分而治之——"高端"的又出来了。某次在一宾馆餐厅请人吃饭，问上什么酒，"张裕"还是"王朝"，就要"张裕"。服务员还算规矩,先报价格,八年的三百八十八元,十年的五百八十八元,吓人一跳,为保持高"品位",也只好认了。与过去喝过的,的确不可同日而语:口感、味道都好,在杯中轻轻晃动时的馥郁芬芳之气,更是醉人,可为这不一样花偌大代价,未免心疼,一心疼,对酒的品味自不能"全身心投入"。由此对红酒的身价也就大起疑惑。

待有机会去欧洲,对红酒身价问题,少不得要考校一番。第一番冲击波是红酒的铺天盖地。到超市转一转,每一家都占了无数的货架,竖站横卧,充塞眼眶。我们这边的超市,酒类里是白酒唱主角,至少是和其他酒分庭抗礼,欧洲则红酒占有压倒性的优势。这也不奇怪,红酒是家庭餐桌上必备的。我在一法国老太太家住过一段时间,除了早餐,她是每顿都喝。其实超市里的还不算数,不谈大大小小的专卖店,家中成箱成箱藏着红酒的,也极普遍。餐厅酒吧必供红酒是不用说了,奇的是有一次在意大利一家青年旅馆,因贪图便宜,就在那里的食堂吃饭,七欧元一顿,意大利面、烤猪排、色拉之外,居然还有红酒一杯,喝完了可以再要。国内怎么喝?那是西餐馆酒吧里供着,又或"情人节套餐"里做点缀的呀!随便喝,只有茶水才如此吧!

不夸张地说，便宜的干红，价格也就跟水差不多。国人初到欧洲，难免遭遇价格震荡，唯独红酒，这震荡是反过来的，不是震于它的昂贵，乃是惊于价格之低廉。波尔多干红，多年前有朋友从法国背回，喝的时候心情可以说是虔敬无比，法国超市里，有"波尔多"字样的，一两欧元买一瓶。这是什么概念？须知矿泉水差不多就是这个价。更有塑料桶装的，就像我们这边价廉的加饭酒，十斤八斤装的，算下来比水还便宜。低到这种地步，是有假酒在掺和吧？却并不，有高下之别，并无真假之分。而且好歹之间，虽有霄壤之别，那便宜的也并非假冒伪劣，塑料桶装的不论，两欧元以上的，品质绝对在我们这边三十多一瓶之上。所以有喝不起啤酒的，绝没有喝不起干红的。只是我曾注意过街头的流浪汉，有抱了威士忌灌的，对了啤酒瓶吹的，喝干红的从未见过。也许是红酒有室内性质，不宜独饮，尤不宜豪饮。

多，而且在我看来近乎"滥"了，价格又贱到如此地步，"高档"云乎哉？红酒的身价在我心目中较过去不免大打折扣。但有时看到法国人喝红酒时的郑重其事，又不由要往高里看。那种极正式的场合就不必说了，单说在一般的小餐馆里，喝红酒的惯例就不一般，服务生先问要何酒，取了来看，客人点头了，当面打开，客人闻过看过尝过，点头称善，这才一笑转身。天太热还要用专门的冰桶冰着。就是在餐馆里，通常喝的也就五六欧元。我想我们喝顶级的五粮液也是仰头便灌，哪有这许多讲究？当然讲究到无以复加的，是会品酒的人凑到一起，那真是如承大事，三支不同的酒是最少的，品尝、比较，还要发表高论，复杂到复述起来都麻烦。

我因此想，红酒的身价就是这么穷讲究出来的，所谓品位全系于品酒者敏感无比的舌头。有个朋友在法国居住多年，资深的红酒爱好者，听了我的"心得"大不以为然："法国红酒便宜，哪儿的话？那是平常随便喝的。你我前晚上喝掉的几瓶，一瓶现在少说也得四五十欧元，真正的极品，更是天价。"有一天闲来无事，他便领我去开眼，先转了几家卖红酒、奶酪之类的专卖店，价格与超市已是全然两样了，最能满足他预期反应的高潮却在 Le Bon Marché 的食品部，有瓶一九八四年的什么酒，标价是两千一百多欧元。我以为是小数点弄错了，但朋友说，没错。真是天价，我所见过的最贵的酒是"路易十三"，一万多人民币，这瓶红酒折算一下，得合人民币两万多。

"路易十三""轩尼诗李察"之类，光看包装，便知不同寻常，手工制的水晶瓶，瓶颈是"24K金"纯金雕饰，未入口即会震其艰深。反观这支天价红酒，一无修饰,素面朝天,看上去与我三两欧元买了喝的,一个模样。原来法国红酒,不论身份高低,都是乱头粗服示人,也有加个盒的,但绝不表明档次就高,其间的差别,全在瓶贴之上。年份、产区、等级,全在上面,便是价格的依据。这里的名堂多了,不是会家子,根本闹不清。法国人何以在"轩尼诗"XO上玩尽花样,对红酒的包装却又掉以轻心、众生平等呢?这却是我所不知的。

我关于红酒身价的考较最终没有结果。法国红酒的价格,可以入地,也可上天,与国内相较,似乎更没个准谱。我说"似乎",盖因这个"谱"实际上是有的,只是法国红酒的"谱"比哪一国都复杂,一言难尽。容易说的只有一点,我对红酒额外的好感,乃因于它的没谱,没谱了,就摆不成谱。

也许,摆不成谱了,才玩格调;忘却摆谱了,才有格调的余裕。——虽然有时讲究格调也可以成为另一形式的摆谱。

韩酒三型

韩国人爱喝酒。地不分南北,人不分男女,都爱。

通常喝的酒,大致是三种:啤酒、马格利、烧酒。

并非没有别种酒,有的。比如果酒,覆盆子酿的,蒲公英酿的,其他水果酿的,不在少数。蒲公英酿的,有一"白花"系列,有不同的档次,都甚有名。平日并不显山露水,逢中秋之类的节日即出现在超市的显著位置,大卖。买回去当然是喝,然一大功用是祭祖,生者、逝者同饮。

都说韩国酒度数低,其实高度的也有。"安东烧酎"在酒鬼中颇负盛名,四十度。不能望中国白酒项背,与西人的烈性酒如威士忌、伏特加相比,总算平起平坐。"酎"字现代汉语里几乎不用,到韩国才头一回看到,《左传》里说"酒之新熟重者为酎"。《说文》谓"三重醇酒也",蔡邕《明堂月令》则有"天子饮酎"之语。多次酿,也不可能达到四十度,总是言酒之醇,指好酒就是了。

以上种种,在韩人日常生活中"能见度"并不高,大些的超市货架上常设,便利店就没有,餐馆里也难得一见。酒桌上常见,超市里时见人往购物车、购物筐里放的,还是啤酒、烧酒、马格利。

啤酒是舶来品,不消说。韩国虽有自产的 CASS、hite 之类,大多数人通常喝的也是这些牌子,但他们倒是心存鄙意,唯是价廉,价格几乎是进口啤酒(包括中国的"青岛""哈尔滨")之半。酒精度向西人看齐,一概是五度。国内便宜啤酒,常是酒精度上翻花样,三点几,乃至二点几,这个低酒精度的国度里倒看不到。

有意思的是,韩国人吃饭归吃饭,喝酒归喝酒,专门喝酒的地方,乃以"啤酒"名,称"啤酒屋"。啤酒屋与也是喝酒所在的炸鸡啤酒店,并非只供啤酒,至少烧酒是有的,故以"啤酒"相号召,属以偏概全。何以如此,不得而知。啤酒"洋","啤酒屋"著一"屋"字,听上去却不"洋",事实上韩国独有。日本的"居酒屋"喝酒之外供饭,啤酒屋则不然。真正洋派的喝酒处是酒吧,韩国西化程度相当高,酒吧自然不少,然那属于高消费场所,且只供各种洋酒,烧酒不予。比起来,啤酒屋要亲民得多。

以市场而论,说啤酒在韩国已是三分天下有其一,绝对不过分,当然,真正本土化的,还是马格利和烧酒。

"马格利"是韩语的音译,其实就是米酒,一般是六度,因未加过滤或只简单过滤,有部分沉淀物,喝前要摇匀。摇晃过后类乳酸菌,呈乳白色,有些混浊是自然的,相对清酒,称为"浊酒",很是写实。古诗词里常提到浊酒,近人李叔同《送别》里还有"一壶浊酒尽余欢,今宵别梦寒"之句。读"浊酒一杯家万里,燕然未勒归无计""万里中原烽火北,一尊浊酒戍楼东"等句,颇能体会其中的心事浩茫,愁绪万端,唯不求甚解,只当"浊酒"是修辞,未尝深究,更没想坐实。

来韩国后有段时间天天喝马格利,并未往浊酒上面想。某日一大瓶喝下去,居然微醺,不相干的,忽有"原来如此!"的憬悟。不知古人的"浊酒"是何模样,喝马格利,也算得其仿佛吧?后来和韩国同事喝酒闲聊,我便夸大其词,举为"顿悟"的一例。

不知为何,我们的酒,喜欢拿颜色说事,作黄、白之分。烈性酒称"白酒"也就罢了,称"黄酒"者,典型的如绍兴黄酒,其实是酱油色,以原料论,应称米酒才是。凡稻米产区,必有自己的米酒,其色各异,西安的稠酒作奶白色,宁波的糯米老酒无色透明,湖北十堰的黄酒则真有几分黄。还有叫作"鲜黄酒"的,某次一学生从老家拎了一大桶来,浑黄之外,上面漂一层醪糟。未知是不是该以"浊酒"论,清浊之分在过滤与否,陆游所谓"莫笑农家腊酒浑"会不会是这样的"浑"法?马格利酒沉淀物是更细碎的颗粒,不似醪糟,米粒典型犹存,且是沉于下而非浮于上。

中国各地的米酒酿法有异,味道各别,马格利也一样。最流行的"长寿牌"并非一统天下,各地都有小众的口味。其间的差异,似乎和往里面加什么有关,加玉米、加参或其他药材的都有。我喜欢的是京道扬州产的一种,锅巴酿的,有特别的焦香。近年有商家欲将马格利时尚化,加入果汁,号称"马格利鸡尾酒",其味不伦不类,总觉有点旁门左道。

在韩国餐馆里饮马格利,都是用碗,不似喝啤酒、烧酒,用杯。下酒菜是唤作"葱饼"的一种煎饼,面糊和海鲜之外,有大量的葱。这几乎是喝马格利的标配,当然,反过来说亦无不可。雨天吃葱饼,饮马格利酒是韩国人的习惯,据说特有味道。我想象在韩屋那样的房子里,廊前席地而坐,看外面细雨霏霏,听檐上雨声潺潺,慢条斯理地喝马格利,确似有一种闲情。

但马格利能叫"酒"吗?似乎韩国人也不大认账,

年轻人尤其不耐。专门喝酒的地方是不供马格利的，就像西人的酒吧里不卖葡萄酒。以那度数和口感，宜乎拿来佐餐，或是当饮料。真要喝酒，还得是烧酒。

烧酒大都用三百六十毫升的绿色小瓶盛装，拜韩剧之赐，在我们这边，早已混了个脸熟。韩剧中几乎必有喝酒的一幕，桌上多半竖着这样的小瓶，抛头露面的机会，远在马格利、啤酒之上。真喝过的人则必大摇其头：闻不到酒香尚在其次，关键是味道淡出鸟来，像是兑了水。照韩国人的宣传，烧酒风行欧美，被目为东方烈性酒中的极品，销量之大，中国白酒难望项背。真让人无语。

我的解释是，西人喝威士忌、伏特加之类，是要加冰块的，等于往里掺水，烧酒倒省事，先给你掺好了。中国酒徒断断不能接受。白酒通常五十度，烧酒只二十度上下，其间的落差，真是不可以道里计。以白酒的期待而饮烧酒，不啻为假酒，此说已属厚道。二十度，酿也酿出来了，烧酒却是蒸馏，又不加任何香料，弄得无色无味，与白酒相比，只一个字：寡。

然而韩酒宗主，厥推烧酒。习惯之外，烧酒风行的一大原因，是性价比高。在啤酒屋，一杯五百毫升的啤酒三千五至四千韩币，一瓶烧酒则是三千至三千五韩币（超市里只要一千两百韩币，合人民币六七元钱），以酒精含量换算，要酝酿出同样的酒意，选择啤酒要花四五倍的钱。此所以没收入的学生，通常是舍啤酒而就烧酒的。

因为度数低，韩国人干杯要比我们爽快得多。事实上他们原本就是大口喝，一口一杯是常事，喝白酒抿一口的喝法是没有的。相应地，说酒量，韩国人都是以瓶计。上汉语口语课，用的是韩国人编的教材，有一课是"啤酒屋"，有"不醉不归"等酒语。我顺便做调研，问了几个学生，能喝多少？一女生说，一瓶；一男生说，就两瓶吧。我赶紧叮嘱，中国人论酒量都是以两计，日后到中国，喝酒时万不可如此作答，不然，归不得了……

"烧麦炸弹"

据说酒不宜混着喝,混着喝,——比如喝了白酒又喝黄酒,比如原来喝洋河,后来改二锅头了——,易醉。

当真如此,喝鸡尾酒里的"曼哈顿""干马提尼""吉普森"简直就是找醉了。通常所谓喝混酒,是不同种类或不同牌子的酒依次下到肚里去会师,这几味都是两种或两种以上的酒在杯里预先就混合了,一口下去,众酒毕至。前者是历时性的混,后者是共时性的混;前者往往是酒桌上的临时举措,后者则是有预谋的,属于制度化的混酒,有定式,多是在酒吧里。哪一种更容易醉人,不大好说,事实上,混着喝酒是不是当真就易醉,并无定论,恐怕还是因人而异。

干嘛要喝混酒,这是一个问题。爱品葡萄酒的人动辄三四支、五六支轮着品,那是品酒,通常我们也不以混酒视之。酒桌上五粮液整完了喝二锅头,或白酒整完了红酒接着来,那是不得已的权宜之计,意不在"混",故也可不论。鸡尾酒倒是冲着酒的复合味道而去的,那些兑了果汁等物应定位为饮料的什么"血腥玛丽""玛格丽特"之类的不算,"曼哈顿""吉普森"这些仍可视为酒的,其意在"混",混了之后的确别有风味。只是如我之辈,难得一喝,属酒国里搜奇览胜的性质,殊难真正领略其妙。

倘把两种酒以上的混合都定性为鸡尾酒,自加炮制者恐怕大有人在,我自己就鼓捣过不止一种,都是一试而罢。一般而论,你私加"勾兑",也弄不出什么名堂来,结果只是把各有其妙的原来的酒糟塌了。但除了鸡尾酒这种体制化了的"官方"混合酒,"民间"成了气候的也不是一概没有。大概起先是有人自己兑着喝,觉着不错便小范围里"私相授受",慢慢就在一地传扬开去。比如大马的槟城,不少人就喜欢将椰花酒和啤酒掺着喝。椰花酒是用割开椰子未开放的花苞渗出的汁液酿成的酒,和我们的黄酒度数差不多,酒体浓稠,味亦浓重。当地人还有个讲究,——非得是"黑狗"来掺,这是健力士(GUINNESS)黑啤在大马的别称。用黑啤,想是其在啤酒中属重口味的缘故,与椰花酒的浓重正可分庭抗礼。饶是如此,我还是觉得敌不过椰花酒的浓稠。这里面有个以谁为本的问题,倘是以啤酒为本,那啤酒的味道改变太多,若是以椰花酒为本,则啤酒似乎就成了稀释剂了。

比较起来，同是以啤酒与别酒互掺，韩国人中颇有些流行的啤酒、烧酒组合更合我意。先得说，韩国人混着喝酒似乎是常态，——在历时混、共时混的意义上都成立。就几种酒并举而论，倒不在于往往米酒、烧酒、啤酒同时上桌，而在多数人每种都喝，不分主次。比如先斟上一碗米酒，而后烧酒是烧酒的杯，啤酒是啤酒的杯，并不像我们那样，说喝白酒，留下小杯，其他就撤了。有次和韩国朋友爬山，他们居然把三种酒一样不落背上山去。

但此处要说的当然是共时性的混。有次聚餐，一好酒的同事问我喝没喝过"烧麦炸弹"，——便是烧酒与啤酒的混合，"烧"是烧酒，"麦"指啤酒，因是麦芽所酿。何以"炸弹"？想来是有烧酒加入，威力倍增，酒意上更有爆发力吧？他演示给我看：先用喝烧酒的小杯倒三分之一，倾入啤酒杯中，再加啤酒到 hite 啤酒杯上某行字的下沿。接下来的动作非调酒之需，带有游戏表演的性质，是将吃饭用的勺子猛插入啤酒杯中，一插到底，须尽可能迅捷，于是有大量的泡沫泛起，此举若作仪式看，这就算"礼成"了。在韩国，这样的喝法不限于首尔一地，因我一在南方教书的同事说，釜山那边，也是如此，只是另有一名，叫"深水炸弹"。"深水"者，更有劲的烧酒深藏于下也。那边的"仪式"亦有不同，是将一根筷子立在杯中，用勺在筷子上端敲击一下，效果一样，似乎更有仪式感。

"炸弹"威力如何？据说因只当啤酒，喝来不觉，很容易喝醉。我倒没醉过，但不用说，肯定更容易有酒意。夏天饮冰镇啤酒，痛快无比，美中不足，是难有酒意，要有陶然之意，恐怕已在腹胀如鼓，去了几趟洗手间之后了。"烧麦炸弹"恰可补此遗憾。韩国烧酒度数不高，却是蒸馏酒，无异味，混入啤酒，一点不违和，换了我们的白酒，因其"存在"的鲜明，啤酒之意不免受损。而且好的白酒是自足的，这么喝也可惜了，烧酒嘛，不足惜。关键是，喝啤酒，重在一个"爽"字，而且是"清爽"的爽，如大马的椰花酒、啤酒混搭，没了"清"，也没了"爽"，比起来，烧酒之入啤酒，就有"随风潜入夜"之意了。

今年首尔热得早，啤酒季节提前，就多来点"烧麦炸弹"吧，也可稍减啤酒肚之虑。

喝啤酒,到比利时

题目有几分广告味道,说"到比利时喝啤酒"才像纪事,也符合实情。但比利时啤酒喝着的确带劲,值得喊一嗓子,替它吆喝。

我不知道现在世界上还有哪个国家没有自己的啤酒,至少欧美肯定不会有空白,比利时产啤酒,不问可知。其实身边就可发现其踪迹:金陵干啤就是和比利时一家超大啤酒企业英特布鲁合资生产的。不过国内合资的牌子多了,论名声,比利时啤酒远不及德国啤酒来得响亮。如果要做啤酒之旅,首先想到的肯定是到慕尼黑端大杯痛饮,多半不会想着在比利时搜奇访幽。

称"奇"称"幽"是相对于德国啤酒的如雷贯耳而言。倒也并不真是养在深闺,至少欧洲各国的酒馆、超市里,都能见到,只是若非经人指点,绝不会奔它而去。这里所谓"比利时啤酒"还要再加限制,因为比利时啤酒花样太多,据说有五百多种口味,尝鼎一脔是不够的,我心目中的比利时啤酒乃是可称啤酒之中独门暗器的"僧侣啤酒"。受了戒的和尚是不能喝酒的,天主教教徒可以大张旗鼓地喝,而且干脆就在修道院里拉开架势大酿特酿,葡萄酒、啤酒的很多独特配方均源自修道院,这是我觉得最有意思的地方。书上说,中世纪,修道院是全欧洲最重要的酿酒中心,比利时的"僧侣啤酒"即是这一脉的流裔。据说比利时的修士善酿烈性啤酒,目的很明确,以酒为食,度过不许吃饭的封斋期。

烈性啤酒?那一日法国学生请我到酒馆喝一杯,点名要比利时的"西麦尔"(Westmalle),并说这酒如何特别。欧洲的瓶装啤酒都用三百毫升上下的小瓶,大瓶绝少看到,大一点的杯子,倒一次就见瓶底。那酒在杯中呈琥珀色,上面堆起雪白细匀的泡沫,经久不散,委实喜人。那天天热,逮着就是一大口,已然半瓶下肚。学生见状忙道:"老师慢点,这酒厉害。"我从来以为啤酒就是该豪饮的,与浅斟低唱无涉。要说厉害,那也是三四瓶下去以后,而且是大瓶,两瓶以下,往往是膀胱有意思了,酒意还是半点消息没有。学生说,度数不一样,看瓶贴上标示是十一度,便有点不屑,想国内的啤酒通常有十二度的。后来才知道,我所见者,往往标的是麦芽度,论酒精度,则国产啤酒最烈的也不超过五度,难怪可以当饮料喝,不像正经喝酒。

那次喝得高兴,学生便提议,下次到比利时去喝。出国喝啤酒,听起来有点夸张,实则我教书的法国小城距比利时仅几十公里,比到巴黎还近。于是便驾了车去布鲁日,在我,主要还是逛逛这座名城,两个学生来过多次,不一会儿就嚷着去喝啤酒。

在比利时酒馆里喝啤酒,感觉又自不同。首先是名目多得叫人眼花缭乱,其次是各种各样的酒杯,喝某个牌子,必用某一样式的酒杯,专杯专用。奇的是虽有敞口、大肚又或杯沿外翻的种种区别,却一概是高脚大杯,像"智美"(CHIMAY),瓶贴上便有标示,两只杯子,一高脚,一近于我们常用的啤酒杯,后者上面就打着一个叉——似乎非高脚杯不办。看周围酒客时,发现没一个豪饮的,倒都像在喝葡萄酒。据说比利时人喝啤酒之讲究,正像法国人之于葡萄酒。我道行太浅,喝了三种牌子的"僧侣啤酒",虽觉口味有异,什么果香花香之类是品不出来的,只觉得爽。爽到后来居然有微醺的意思,这在喝啤酒的经验中从未有过。

童话般的小城中,坐在运河边小酒馆,听远处街头艺人的歌声,看窗外灿烂阳光下兴高采烈的游人,与绍兴酒馆里喝黄酒的醉眼蒙眬相较,别是一种兴味。微醺里亦有啤酒的透明、敞亮。

啤酒下饺子

此处"下"是南方方言,"下饭"的"下",指借助菜肴之类将饭吃下去。当然不是煮饺子,将饺子下到啤酒里去。

不论中西,亦不论阶层高下,食物都有一定的搭配之道,有的是厨师的发明,有的是好吃的人自己摸索发现,久而久之就固定下来,为众人所遵行,成为饮食中的"不成文法"。啤酒与饺子是否到了这地步,我不知道。甚至在北方这搭配是否风行,在多大范围内风行,也不甚了然。头一回见识是七九年暑假到北京。这是头一回进京,首善之区,又加北地风俗与南边殊异,什么瞧着都新鲜。在吃的方面,家在北京的同学告我,烤鸭、豆汁、蒜肠、酸奶,等等,都得尝尝,真正的北京风味。啤酒饺子则不在其列,——也是,这两样,哪里没有呢?不过形成搭配,我是首见于北京。"搭配"云云,乃是得自我的观察。

游行在外,少不得时常进小吃店,北京小馆子,夏天都是璎珞式的门帘,撩开了进去,必看见许多食客面前都竖着啤酒瓶。其时在小地方,喝啤酒尚不普遍,在南京,则多为散装,保温桶盛着,论碗卖,有人就立在街边一气灌下,抹抹嘴就走。坐下来则多少得有点下酒菜,在北京,那时常见的便是一碟油氽花生米、一碟红肠。令我大感首都之开化的,是有些桌上,三五女子,并无男性,也很豪放地喝啤酒,这在南京就没见识过。也有不少食客,面前啤酒之外别无他物,就一盘饺子,单个的食客,多半就是如此。见得多了,就怀疑这在北京是相当普遍的吃法。

让酒和饺子发生关系,别处也有的,江苏淮阴一带有谚云:饺子就酒,越喝越有。"就"是搭配之意,不过这里不过是因谐音而讨个口彩,此时桌上并非只有酒和饺子这两样,必还有许多菜,此外所谓酒,也是白酒。饺子扮演的角色也须推敲:这是以酒为主,菜为辅,饺子亦下酒菜的身份。北京人的饺子与啤酒之间,则难分主宾,说饺子是佐酒,固可;说这里啤酒如同饮料一般(就像吃汉堡包来上一杯可乐)助食的,亦无不可。

国人的习惯,吃饭时只喝汤,不喝饮料,即使是快餐、干粮,要喝也只喝简易的汤,或者干脆一碗白开水。

过去南京人吃饺子，常是连汤带水，不像北京人的干吃——北京人的饺子都是使盘子装。那么前啤酒的时代喝什么呢？反正不会是喝甜的。中国人的主食与甜都不大沾边，搭配的原则似乎只能是甜的配甜的，咸的搭咸的，甜与咸做一处，是犯忌的，老年人会吓唬小孩，又吃甜又吃咸，头上长癞子。吃汉堡、三明治之类，配上可乐、雪碧之类，大家也能接受，因原本是洋人的玩意。然而吃饺子，或啃馒头、包子，你弄杯可乐试试？

所以，倘要在洋玩意里选，只能是啤酒。当然，并不是非啤酒不可。可夏天天热口渴，没水不行，最好来点冰镇的，而国粹里习惯冰镇了喝的，酸梅汤、绿豆汤之类，都不合适。倘不吃菜，就啤酒，又只能是饺子。啤酒下馒头包子，不大对头，因主要是面，做一处会觉着啤酒的苦。饺子则不同，是饭也是菜（正如啤酒是饮料也是酒），馅多，其味恰可解啤酒的苦。蘸点醋囫囵吃下一只饺子，再喝上一大口冰啤，真叫一个爽。说是啤酒下饺子，其实说成饺子下啤酒，亦无不可。

这可以说是跨越中西的搭配。中餐与西餐原是两个系统，弄在一块儿，常常不搭调，不过啤酒与饺子却能相安无事，甚且相得益彰。以我的经验，夸张点说，可以称为绝配。

温 酒

所谓"温酒",就是把酒加热了之后再喝。我关于温酒的启蒙,还在喝上酒之前,追溯起来,当是《三国演义》。一是关羽的"酒尚温时斩华雄",一是曹操、刘备的"煮酒论英雄",都是出名的桥段。不能瞎"追认"说我其时已关注到酒的喝法问题,但那时记性好,日后对酒略有所知,晓得有温酒一说了,相关的记忆马上就被唤醒——古人就有那样饮酒的嘛。

关羽斩华雄可说是扬名立万的一战,罗贯中要渲染关公的威武,极言其取敌上将首级之速:曹操命人斟杯热酒给关壮行色,他辞而不饮,奋身上马出战,待其回到帐中,掷下华雄头颅,其酒还是热的——这酒当是加热过无疑了。"煮酒论英雄"一节则我后来再读《三国演义》时留意过,发现原来模糊的印象大错:并非置酒亭中,曹操丢了青梅在酒里煮着,一边舀着喝,一边天上一句地下一句,把刘备吓得汗出如浆。他预备下的是一盘青梅,一壶煮酒，青梅与煮酒并列，倒是以青梅下酒的意思。看上下文，"煮酒"像是一种酒，未必就加热过。而且青梅成熟该是六月，不要说煮，就是温酒也显得多余吧？

惦上这事时，我已经有点馋酒的端倪，没弄清究竟怎么回事并不妨碍我去尝试温酒、煮酒之类。起先是温酒。原本不拘什么酒都是就那么喝，不合看了周作人详解《孔乙己》的文章，里面说到温酒，便要学样。他说的是绍兴人喝黄酒的法子，其关键是一叫作"佘桶"的器具：马口铁做成的铁皮桶而已，特别处是形为倒写的凸字，上面较下面大一圈，上下为一三之比，酒装进去就放入一盛热水的大木桶。这桶上有盖板，板上留有洞孔，恰可令佘桶上部卡住而下部浸入热水里。放上一会儿，取出酒即已是热的。看了觉得有趣，可惜南京见不到这样的酒馆，家里也无近乎佘桶的家伙，也就徒有欣羡之意。

也是不负有心人吧，不久居然觅到一种温酒的壶，紫砂制成，茶壶大小。内有"胆"，功用类似佘桶，口边突出，恰好扣合在壶口边沿上。壶内注入热水，将"胆"放进去，罩以酒盅，温酒的工作便得以进行了。但这似乎更是供人猎奇的旅游纪念品似的玩意儿，真拿来温酒并不适用。首先是太小，那"胆"也就能装个二两酒，——不似佘桶，一提（绍兴人称一佘桶为"一提"）倒出来有两碗，——若是两人喝，张口就没了，黄酒没这样喝法的。如此喝一回酒要不停地忙乎，壶里那点热水不多会儿就已嫌凉，换来换去，倒似不是以喝而是以温为主了。又一条，氽桶是铁皮的，传热快，这温酒器的胆则是紫砂的，虽有点保温的功效，奈何要将酒加热却来得个慢，且总觉热得不够，未免太温。虽如此，那玩意儿我倒也时常从碗橱里拿进拿出，颇兴头了一阵。温与不温，味道有何差别，并未辨出个子丑寅卯，——像个仪式似的，好玩罢了。

后来听人说，不独黄酒，什么酒都可以温着喝，甚至煮着喝，我便拿那温酒器来温白酒，倘是一个人晚上喝，大小倒也合适。只是白酒加热之后，味道反而不好，至少我不习惯，那套玩意儿从此便束之高阁了。

没想到我对"温酒"意兴阑珊之时，冬日南京的餐馆里，喝加热过的黄酒变成了某种时尚。

印象中与别地方的人相比，南京人对黄酒算不上特别钟情，那一阵黄酒则大有"浮出水面"的意思，冬天在餐馆里选择喝黄酒的人仿佛一下多了起来。有这印象，或许与喝黄酒较喝白酒、红酒来得动静大不无关系——因为要加热呀。有新鲜感，大家都要尝试，加热之后味道如何且不说，冬天喝了暖和，这是任什么人都一喝便知的。因是开新风，每见酒席上有人摆出会家子模样，要了黄酒便用略显夸张的声调大声吩咐服务员"加热！多加点姜丝（或话梅）！"，状极老练。而服务员见客人点黄酒便以加热与否、欲加何物相问，也能显出店家的殷勤周到以及跟趟儿。我说的"动静大"，就是指一阵言来语去的吩咐，这是喝酒新添加的环节，颇有一番热闹。

究竟怎么个加热法，就因店而异了：有的是温酒，有的是当真煮酒，以"煮"为多。绍兴人称"温酒"为"烫酒"，不拘为"温"为"烫"，皆是不直接用火来烧，隔着器皿以热水升温。抠字眼地说，"煮酒"应是"温酒"下面的一个小项，通常却是指径直以火来加热。南京人似乎笼而统之，就说"加热"。我对笼统倒无所谓，只是觉得太无"味"，太"科学"，太正式，说"温酒""煮酒"则仿佛有酒香飘来。

都不用绍兴人老派的汆桶是肯定的——因为根本没有，用水来温的也极少，因为麻烦。以我所见，有的是将酒倒入壶中，放炉上烧，有的是敞开了瓶放微波炉里去转。若是想加入别物，当然还是倒进壶里烧，而大多数人似乎都以入口觉烫为尚，甚至要求煮沸，故与狭义的"温酒"实已渐行渐远了。倘图的是热乎，如此"煮酒"是不错的，酒本是热性，煮上一遍，尤其是加入姜丝，是热的叠加,一大口下去,立马周身温暖洋溢。又一条,是很快酒酣耳热,醺醺然有酒意。

姜丝、话梅与酒同煮不知是何人的发明,后者是起于"青梅煮酒"故事的误导也未可知,我却最是不耐,因话梅是腌渍而成,多少添加剂进去了,在煮沸的酒中最是喧宾夺主,破坏酒的香醇。加姜丝要好些,因只是添一份辛辣而已,但也只能加一点点,而且以不加为妙。我记得那一阵酒民们在对新奇感的追逐中还有过各种尝试,话梅、姜丝是到今天还有人加的,也算是沉淀下来的固定搭配了,往酒里加鸡蛋则应归为另一路。我有一朋友特别热心地向我推荐这个,说是大补。做法是将黄酒小锅里煮得滚开,而后就关火,打一枚新鲜鸡蛋进去,加点糖,不再烧煮,以筷子划散了鸡蛋就喝。我试过一回,鸡蛋堕入滚酒中漾开很有慢镜头的图案美,味道则不谈也罢,这是不待尝试已可预知的,——你是进补呢?吃甜品呢?还是喝酒?

在试过种种"添加剂"之后,我在喝黄酒上终于"返璞归真",就是说,什么也不加了。加热则延续下来,不加别物,无须高温,我也不再一味追求热乎,近于真正的"温"酒,四十来度,——恰可领略黄酒的醇厚馥郁,而不因一个"烫"字转移减损。唯不再用温酒器或其他替代的方法，直接进微波炉。已不再被"文青"式喝酒的仪式感所惑之外，也因为觉得高人告我的温酒器温酒更是原汁原味（入微波炉则于酒味多少有碍）的指点太玄乎，愚钝如我的舌头，辨不出其间的差别来。

温酒路上的误入歧途，似乎也该一说。比如红酒，曾听人之言，将陈皮还有其他什么一起煮过，现在想来，这么搞红酒，近乎"恶搞"，难怪鼓吹者也要叮嘱，万不可用上好红酒。

至于白酒，煮酒就不用说了，入口刺激到无以复加，不如空口吃辣椒算了，即使是温酒，我也觉得大可不必，因对白酒的甘冽终是一种破坏，至少是未有所发扬。而黄酒温酒的好处，即在气味上也值得一提：白酒加温过后，气味如旧，凑近了闻则觉冲鼻，黄酒的味道，原本就是平易近人的，加热过后越发有醺醺的浓香，未入口到肚即有一股暖意。黄酒乃是米酿，而此时，米的甜香似也氤氲在了空气里。

打 酒

出差武汉，宾馆附近有个超市在展销蜂蜜，一溜不锈钢的桶装着，不时有顾客带着瓶瓶罐罐来买，不知为何看着有点新鲜，后来一想，是现在大城市里，这样的零卖大体上已见不到了。小时候却是司空见惯的，有一个字差不多是专为液体的零售而设，即是"打"。副食品商店柜台后面照例有一溜口小肚大的坛子，营业员用竹筒或铁皮做成的升子探到里面舀出来，漏斗插入你带去的瓶子，慢慢倒进去，一手交钱一手交货，这就算"打"好了。买散装的糖、盐、酱菜之类则不说"打"，只说"称"，"打"似乎兼具买与盛两层意思。"打酱油""打醋""打油""打豆浆"……当然，还有"打酒"。

平生第一次喝白酒，喝的就是打的酒。大学一年级暑假去北京，回来时登泰山，凌晨两点在泰安下火车就往上爬。从未爬过大山，且硬座上坐了半夜火车，不多时就人困马乏，直到中午快一点了，才上了南天门。山顶上风大，又开始下雨，冻得不行，原想在上面住一夜的，偏偏招待所的人下班了，住不下来，御寒的大衣也租不到。同行的同学长我几岁，历练过的，便道，要喝酒，不然非冻出病来。于是找到山顶上唯一的小饭铺。饭菜已卖完了，酒只有散装的地瓜烧，也没酒杯，给只粗瓷碗，一人二两，喝。一口下去，就觉肚里有火蹿上来，果然不冷了，只是立马开始头疼。喝罢仗了酒下山，身上冷一阵热一阵，像打摆子，脑仁一撞一撞的，好似擂鼓。从那时起很长一段时间都有偏见，散装酒太差，喝不得。

零卖的不限于白酒，黄酒、啤酒都有散装的，似乎只有葡萄酒，要买就整瓶地买，从未见人"打"过。以我所见，散装酒卖得最盛的，当数绍兴，街头巷尾的饭馆小店都是一口一口的酒坛子，都是加饭，天热时更是外面支了长案当街卖，论碗，一碗半斤，像过去北方卖大碗茶。此时酒是敞着的，四处酒香弥漫，空气里似乎也有两分醉意。一九八四年到绍兴访学，住市委招待所，门口的传达室便有一硕大的酒坛子，无别物出售，专营散装加饭。招待所里住的大多是本地人，每到开饭时间，就见三三两两的人端了茶杯先往这边来，打了酒去食堂喝。风气所染，我们也跟着效仿，好像有一种最散淡惬意的饮酒的气氛，尚未入口，只端了酒在路上走，便已自有一点醺醺然。有一天住处外边的走廊里忽然闹将起来，一个打扫房间的女服务员在叫骂，说有人把茶水往暖瓶里装，当是你家茶壶啊？这时事主恰好从外边回来，上来一看便跌足道：坏了坏了，把我酒给倒了。

并非买散装的都叫作"打酒"，在饭馆里要二两酒坐饮，或者立于街边买杯啤酒灌下，都不能算，严格说来，必要自带了家伙买回来，才可谓之"打酒"。我家里没人喝酒，并未干过这差事，对"打酒"一说留下深刻印象，是在别人家里。十来岁时有一玩伴小名小黑子，家里是炸爆米花的，那一带似乎家家都干这个，因对爆米花的诞生过程常看常新，我常去他家玩。但通常大人都是推了车到处兜生意，而一旦归家，我们的玩耍则十有八九要被打断。他爸爸大高个，赤黑脸膛，每每回到家，车子外面一搁，入门内将搭在肩上的毛巾往桌上一扔，便冲小黑子喊："去，给老子打二两酒来！"小黑子拎个瓶子蔫头耷脑地就去了。

骤失玩伴，当然不高兴，但其时我正在看《水浒传》，对他那一股子粗豪之气，却很是倾倒，看看周围的人，去梁山好汉远矣，就他约略近之。

"给老子打酒来！"——真是掷地作金石声啊！

"吃"酒

酒是用来干什么的？似乎不消说，——当然是喝，或者用文雅点的说法，叫"饮"，有道是"古来圣贤皆寂寞，惟有饮者留其名"。饮酒的人并非都抱定宗旨，只图一醉，仿佛弄酒来喝就叫"买醉"，很多人向往的不是"微醺"吗？当然将"醉"字放大一点，把程度不同的酒意都归入其下，说酒的效用根底里还是在"醉"上，也没什么不对。

然而单道一"醉"，未免小觑了酒无所不在的影响，又将广大的人群排除在门墙之外了。事实上酒不仅用来"喝"，更是用来"吃"的。有些地方把喝酒叫作"吃酒"，方言，我说的不是这个。中国人做菜，但凡动了荤腥，甭管鸡鸭鱼肉，都要用料酒，以其去腥、提鲜，几年前四川人弄出了啤酒鱼、啤酒鸭，现而今啤酒烤鸭遍地开花，啤酒竟是构成菜肴的重要元素，这就都属于吃的范畴。在这上面，中国人还是小巫，洋人的花样更多。

洋人在饮酒量方面的领先,只要看看各国酒的人均消费量便知,虽然没有席上七碗八盘的烘云托月,劝酒时大呼小叫、揎拳捋袖的一番热闹,但他们不拘直了脖子灌或烛光下用高脚杯细品,不声不响之间,委实喝得不少。但最令我觉着新奇的,还是在"吃"上面,酒的无所不在。他们似乎并没有专门供烧菜的料酒一说,仿佛什么酒都可入馔,还就仗酒的不同来提纲挈领。我在法国海滨小城布洛涅吃淡菜,大约是最家常的吃法,即是白煮,却不是只加清水,也加葡萄酒的(还有奶),而且量要比我们放料酒多得多,端上来酒香扑鼻。

洋人所谓菜,常是味道与食物分而治之,并不直接在烧的过程中让味道进去。比如牛排,这边煎好、烤好,那边另外制好了调味汁,到时合二为一,往上一浇就行。所以可以说他们的吃法主要是蘸着吃,中国人常不满其"不入味",也是无怪其然。这就更见出调味汁的重要。我过去为翻译所误,以为所谓 sauce 就是酱油,其实洋人那里根本找不到酱油的对应物,或者说,只有各种各样的"酱油",——还是叫调味汁来得准确,番茄制的,叫番茄沙司,准此而论,我们的酱油就该叫作豆制沙司(或豆制调味汁)。而除了"番茄沙司"这种大路货,讲究一些的,都是现烹现调,调味汁的关键则是酒。好多调味汁,标出的干脆就是酒名，比如白兰地调味汁、朗姆酒调味汁。不同的菜肴，重要的一端是不同的调味汁，不同的调味汁，常常又有赖于不同的酒。其浓郁，其复杂微妙，都与用何种酒有绝大关系。因想到我们的料酒很便宜（喝的酒是舍不得拿来烧菜的）也单一，玩花样不在酒的不同上，他们"吃"的与"喝"的酒一样花样百出，是不是最好的也不肯拿出来烧菜，就非我所知了。

不单是餐饮，洋人的糖果糕点也常有酒的帮衬参与。好多年前，过节拿出来待客或馈赠亲友的，曾时行一种酒心巧克力，其为舶来，当无疑问。但酒之为用，更多时候是化物于无形的，已然掺和到材料中去，蛋糕、小甜饼，各种各样的什么"趣"，单凡讲究点的，没准便有酒在其中，令其味道更形浓郁、醇厚，加上微妙。所以即使你滴酒不沾，间或地，你也在间接地"吃"酒。

酒　瓶

二两装的"二锅头",人称"小二",先是北京喝酒的人这么叫,后来别地的人也跟进了。"小二"装酒的那瓶子扁而小,可以比较服帖地装在兜里,若是通常见到的圆瓶,装起来不免杵在那里,有几分狼狈。

扁瓶的形制不知何时有的,我总猜可能是舶来的:洋酒鬼有随身带着酒的习惯,电影里也常可见到的,从衣服口袋里摸出个扁酒瓶喝,喝两口抹抹嘴盖上盖再放回去。这样的情形在国内虽也可以遇到,却极少。史上名声最大的酒徒大概是刘伶,走哪儿喝哪儿的主,却不可为凭,因那时喝的不是烈性酒。而中国人喝酒,例需下酒菜,这就必得坐下来。好风雅的文人凭山傍水地喝酒,找个风景好的所在坐下来,后面都是小厮提着食盒跟着。《儒林外史》里写杜少卿夫妇游清凉山,饮酒是游山的一部分,便是厨子将酒席挑了去。

所以,进一步的推想是,扁瓶子用来装酒,原是为了便携。在欧洲见过五百毫升扁瓶装的烈性酒，威士忌、伏特加什么的，在国内则只有半斤以下才见用扁瓶。而且即使是"小二"，喝酒人中意的也不在便携，而在容量小，饮酒之所，仍是在店里或是家中。在家中大瓶的酒一次喝不完，可以放那儿下次接着喝，在外面喝不完还要带着走，比较麻烦。人多大瓶的酒不在话下，人少而又想量入为出，"小二"就是很好的选择，倘是一人小酌，当然更是相宜。我也见过一大群人就喝"小二"的，那是赌赛，为杜绝倒酒的不公平，干脆以"小二"计数，每人面前几个扁瓶子，煞是壮观。

小时候见到的酒瓶花样不多，不光是造型、材质基本相同，规格上也很是整齐划一，不外是一斤装、半斤装、四两装、二两装，其他就少见；都是中式的计量，论斤论两论钱，即使瓶贴上标出"毫升"，也没人理会。酒杯亦如此：一两的杯、七钱五的杯、五钱的杯。后来高脚酒杯什么的一来，使惯了老式杯子的人忽觉喝起酒来心里没数，也可说是"不知深浅"，因为到底多少一杯，弄不清了。

酒瓶规格上的混乱也与洋酒的进入有关。其一是瓶贴上只标容量，其二是给酒瓶引来西式的标准：干酒是七百五十毫升一瓶，啤酒是六百四十毫升一瓶，很是标准化。

这也好理解，白酒是国粹，酒瓶自有一定之规，干酒、啤酒都是舶来的，沿用人家的量制顺理成章。这在早先瓶装牛奶上看得更清楚：我小时的瓶装牛奶有两种奶瓶，大的是一磅，小瓶的是半磅——干脆就以"磅"计了。（我有点不解的是热水瓶，五磅的八磅的，洋人不喝热水，要热水瓶干吗？）

他们的酒瓶容量也不是随便来的。比如装葡萄酒的一点五升"大酒瓶"（magnum）容量约为五分之八夸脱（quart），七百五十毫升的"标准瓶"约是五分之四夸脱，还有一种三百七十五毫升的是"标准瓶"的一半，就像我们半斤、二两五的瓶，依着"斤"往下分解。好多年前有个朋友从台湾给我带了瓶"金门高粱"，清香型的酒，近"二锅头"，也没什么，觉着新鲜的是那瓶子，不是说如何讲究——这上面和大陆的挖空心思比华贵，差得远了——普普通通的，就是大，一看，是七百五十毫升，而且这就是"金门高粱"的标准瓶。看来是白酒也"夸脱化"了。不过顺着中式的论斤论两也解得通，五百毫升是一斤装，七百五十毫升就是一斤半嘛。

与"金门高粱"的敦实相比，这些年大陆的酒瓶则在变着法子"瘦身"，各种奇形怪状的白酒瓶子纷纷出笼。一瓶酒是多少，过去一目了然，一斤便是一斤，半斤便是半斤，无须说的。厂家便利用这心理，四百毫升，四百五十毫升，四百八十毫升……花样多多，码准了你还认它是一斤，不经意间一瓶酒已是一两半两克扣了去。啤酒瓶没白酒那么多名堂，却是不显山不露水地苗条起来，价格还是原来的价，六百四十毫升、六百三十毫升则悄悄变成了六百毫升、五百九十毫升。不比过去酒瓶规格的有来历，这些都没有任何说法。若说有，那也是厂家小算盘上拨拉出来的。

有个朋友这段时间正在发现自己喝酒潜力的兴奋期中，跃跃欲试探测着自家酒量的底线，每喝酒必要看看有无长进，某日喝酒，三人均分一瓶"口子窖"，待酒杯见底，这老兄居然很清醒，两眼放光道："——就是说，我喝了三两三还不止?!"我告他那瓶酒还不到一斤呢，指了瓶上四百毫升的字样让他看，他看了一会儿，心算了一会，算得还挺对，说："八两？那一人就二两七不到？还没上次喝得多？"一副很沮丧的样子。没想到商家的暗使狡狯，居然令喝酒者的自信遭受打击，这肯定是出乎商家意料之外的。

分酒器的来历

分酒器这玩意儿,我原先以为是"地方风味",行之不远的,不想在北京也撞见。起初还道是因那次吃饭在一家淮扬菜馆子,饮酒也一概维持地方特色,后来去一家浙江餐馆,也有。再一问,一在中旅当差的老同学说,好些高档酒楼里都有:不仅北京,上海、杭州,好多地方,若摆开架势喝白酒,你多半能见到。

所谓"分酒器",我到现在所见,都是一种形制:玻璃制的小壶,无盖无塞,有几分像化学实验室里的烧杯,可注酒二两上下。席上所见,定规是一壶一杯,成双作对地出现。杯是玻璃高脚酒杯,身量殊小,一杯只得五钱,当是为喝白酒"量身定制"。喝酒而用此"器",一般的程序是先将瓶中酒倒入壶中,再由自己倾入小杯,一杯一杯地来。有好战者逮着了什么人上前搦战,则会废小杯不用,端起壶来"先干为敬",接下来便等着对方就范。又或已喝到尾声,有人便提议端起壶一气喝下便散席。这有个名目,叫作"拎壶冲"——当然是谐大侠"令狐冲"的音。

洋人喝红酒的醒酒家伙,也有叫"分酒器"的,那是一细颈大肚瓶,葡萄酒打开后倾入其中,放一阵再喝,谓之"醒酒"。我们的分酒器,用途却不在此。首先是白酒没"醒酒"一说,再者它那里是再往各人的杯里"分",我们则酒到壶里已然是分派已定,落实到人头了。

从身量上说,我们的分酒器倒更近于过去用的酒壶。我说的不是温酒用的那种,就是过去北京的大酒缸,南边的小酒馆极常见的普通的口小肚大没脖子的酒壶。现在大城市里已不大见到,除非是店家要弄点怀旧的调调。倒是日式的餐厅里,还能见到老派酒壶的遗风。一壶二两或半斤,再大似乎就没有了。这也不奇怪:日本人习惯转场式的饮酒,一晚上喝下来,没准去了好几间"居酒屋",不是拎着酒瓶子到处跑,是到一处喝一处,这便要有零拷的酒供应。零拷的酒要有东西装,都是论壶,不似西方人酒馆的论杯卖。这对店家也方便——点一点桌上的酒壶,便知客人喝了多少。国内餐馆里大体上零拷的酒已然绝踪,小饭馆里也是以"小二"之类的瓶装酒代替零拷,酒壶之设也就显得多余了。

是知酒壶、分酒器所装虽是内容相同(不是洋酒),

却还是两事。到店里虽然也可一人要上一壶酒,从"体制"上说,还是共饮的性质,这从成套酒具的配置上即见分晓——都是一个壶,几只杯,断不似分酒器的人手一个,从头里就分而治之。另一方面,酒壶是给店家数的,分酒器却是供喝酒的人看的。

要这玩意儿干什么呢?原来是为了公平,防止偷奸耍滑者赖酒。酒桌之上,一瓶酒上来就给均分了,行的是"包干制",不欺不灭。均为玻璃材质也就好解释了,一目了然嘛。至于照例配五钱的小酒杯,我想那是方便干杯吧?一仰脖子下去半两酒,还行,也就可以频频干杯,频频出击了。

分酒器算得上是个"新生事物",一九九〇年代以前,绝对是没有的。大概已经是这个世纪了,有次一拨子人到淮阴去,当地人招待吃饭,喝酒时有新鲜事,是喝酒的人面前酒杯而外,又有小碗一只,调羹一柄,小碗先聚到桌子中央,服务员一一倒酒,务使平均,而后人取一碗,以调羹舀到小杯里喝。使调羹为的是酒杯杯口小,碗直接倒容易倒出杯外——虽然用调羹要做到涓滴不遗,也还是不易。

据说,这就是分酒器的滥觞了。这是好多年后又到淮阴,当地一官员酒桌上告诉我的,其时已有了更专业化的分酒器,且分酒器已然冲出江苏,走向全国了。他说这些年淮阴经济不咋地,却有两大发明,一是打扑克之"掼蛋",一是分酒器。言下不知是自豪,还是自嘲,也许兼而有之吧。

世界杯·啤酒·方便面

酒之于世界杯,至少在两个意义上,必不可少。其一,从过程上看,"煮酒论英雄"应是看世界杯的组成部分,不拘捧巴西,贬德国,抑或狂赞肥罗,挖苦小贝,有酒则更能议论纵横。其二,从本质上看,世界杯乃是一场狂欢,狂欢之际,岂不正是酒神最该登场之时?

但喝什么酒却成问题。红酒可以首先排除:鉴貌辨色,浅斟低唱,与狂欢精神委实不能相合。商家洞察先机,做白酒的,做啤酒的,都瞄着世界杯做文章,唯独卖红酒的,好像偃旗息鼓了。白酒、啤酒当中,又以啤酒来势更大,标语口号而能深入人心者,似乎不多,"喝啤酒,看世界杯"的口号则能予人正中下怀之感。以我的个人经验,白酒虽也可以豪饮,看世界杯,还是喝啤酒,最为痛快。张潮编的《虞初新志》里张灵饮酒的故事是很多人都知道的:"一日,灵独坐读《刘伶传》,命童子进酒,屡读屡叫绝,辄拍案浮一大白。"看世界杯,"浮一大白"的冲动肯定不会比读《刘伶传》少。本人清楚记得的有两回，一回是一九八六年世界杯，墨西哥对保加利亚，内格雷特背对球门侧身凌空，一脚怒射。真正是惊艳一脚，墨西哥就为这一脚后来为他弄了个雕像，我则当时就"浮一大白"。另一回是一九九四年保加利亚与德国一战，莱切科夫秃头一闪，德国队被判死刑，而且比赛行将结束，等于是立即执行。保加利亚与德国固然往日无冤，我对德国则早就有仇，那一头球，于我简直就是快意恩仇啊！

我"浮"的都是啤酒。"白"是罚酒的杯子，"大白"是大杯，"浮"是满饮之意。张灵所饮，肯定不是现在的烈性酒，否则一大杯下去，书也别想读了。看世界杯，不是买醉之时，要醉也得"留一分清醒留一分醉"，否则下面的球还看不看？当然可以用小杯喝白酒，但"浮一小白"，与世界杯的精神，相去太远。所以，啤酒最好。

啤酒之外，我的世界杯记忆里，还有方便面一包，三者几乎构成"三位一体"。盖球赛每在深夜，更深时分，饥肠不免辘辘。大动干戈不合时宜，以面包、蛋糕充饥，则此时人困马乏，口中无味，最不耐甜食，于是乎，方便面遇上了世界杯。平日方便面里咸死人、鲜死人的调料吃它不消，此时正要它来提神开胃，还要加上辣。中场休息，一大碗面稀里咣当满头大汗吃将下去，再看球时，"肚里有粮，心中不慌"，精神百倍。

但前些时在上海，有一朋友告我，他已告别方便面时代，看球时改吃烤肉了。那不麻烦吗？说不烦，用烤炉，买现成的肉，快得很。不禁心向往之。日后逢世界杯，当置烤炉一具，届时喝啤酒，吃烤肉，庶几"大碗喝酒，大块吃肉"的境界。

"生命之水"囤货记

曾因用酒精给口罩消毒,毁了一只 N95,痛心疾首,后悔不已。但是,当然,酒精是无辜的。

论紧俏程度,酒精虽不能望口罩项背,排个座次,第二把交椅是没跑的。若以药房的告示为判,其地位甚至与口罩难分伯仲,因往往与"口罩售罄""口罩无货"并列,又有"酒精售罄""酒精无货"的字样。

口罩可以自制,无数土法上马的招数层出不穷冒出来(包括如何炮制加强版、耐用版),酒精则迄今还未见有号召在家里自己捣鼓的。好在它有替代品:酒精与酒的亲缘不属"大胆假设",根本不待"小心求证"。

酒不就是稀释了的酒精,或者反过来说,酒精不就是度数高得有点离谱的酒吗?用来替代酒精,不亦宜乎?有个人在武汉的学生在群里拜年,提到喝酒,便道,酒现在舍不得内服,要囤着外用消毒。我只当是玩笑话,待酒精处处脱销才明白,那是纪实。春节乃是白酒的旺季,厂家莫不大搞营销,问题是,封了城的武汉,大家都被关在家里,只好以存货应付。

烈酒当酒精使,内服而为外用,高下的标准也为之一变,喝酒讲究的是口感,当酒精,自然拼的是度数。就在这背景下,有一种波兰产的伏特加酒跳将出来,忽然之间有了知名度。至少原先知者不多,限于酒徒中的猎奇者,现在有点喧腾众口的意思。这酒名为 Spirytus,全名 Spirytus Rektyfikowany,英文译为 Rectified Spirit(蒸馏酒),名头就是奇高的酒精度打出来的。标贴上最抢眼的便是"96%"字样,不仅大小数倍于商标,且居于 C 位。伏特加在我的意识里是与俄罗斯捆绑在一起的,不过有种说法说它起源于波兰,冲这度数,我就有几分信。Spirytus,音译"斯皮亚图斯",但报这个名,估计知者寥寥,流行的是它的诨号——"生命之水",如同古人的"以字行"。我原以为是文案高手的杜撰,——不是,据说在西方世界就顶着这名号。

医用消毒酒精是七十五度,九十六度岂不是杀菌威力更大?所以家中有人认定买到酒精乃口罩之外头等要务而酒精又全无踪影之际,有熟人告我网上有"生命之水"现身,我大为兴奋。我甚至有点怀疑下了单会不会有货,虽说广告上起步就是六瓶,一副敞开供应的架势。内服的烈酒比外用的酒精贵得多，而且寻常不出门，已是宅的状态，六瓶要用到猴年马月？好在用不了可以喝，以买酒精之名大肆囤酒，何乐不为？又担心手慢则无：不喝酒的人没准也会加入抢购，至于好喝两口的人，恐怕也有我这样的心理，挤对是大概率——岂独"杼轴于予怀"？更要"怵他人之先我"了。

于是从速下了单，之后才想起要为熟人答疑。他在微信里不单是报信，也在疑惑是否真有这么高度数的酒。他是问对人了，我觉得自己绝对有资格为他解惑。

两三年前，有个朋友做东欧几国游，知我好奇，带了瓶"生命之水"给我。就烈酒而言，我的勇攀高峰止于七十来度，九十六度是什么概念?!朋友说，世上没有比这个更烈的了。上网一搜，果然无出其右，妥妥的第一。相当长一段时间里，这瓶酒于我，属奇货可居，而且居之不疑。每每聚餐便带上，就制造惊悚与激发好奇心、好胜心而言，效果均相当令人满意。

好酒不待相劝，便有会当凌绝顶的跃跃欲试，待一口下肚，欲显曾经沧海，皆做处惊不变状：好像也就这样嘛！——倒也不是强作镇静，原是准备承受雷霆一击的，大义凛然之下，至少是入口之际的冲击力，来得并不如想象的那般排山倒海，醍醐灌顶。虽是如此，也都是一尝而罢,没有谁提议,就喝这个吧。论口感,不要说"茅台""酒鬼"什么的,就是和我们的普通白酒比,也差得远。

喝法既带有象征性,这瓶酒于是就变得特别耐喝,由得我道具似的带来带去。到第 N 次时,一已喝高了的哥们口齿不清说了些什么,大意是瓶上的数字与他什么人的生日偶合之类,总之不待我同意,擅自把剩下的半瓶酒拎走了。致使一段时间内,凡与人饮酒,我会觉得少了个噱头,别人问起也不能让其眼见为实,"生命之水"遂成传说,直到前年网上开始有售。我网购的第一瓶后来也被"截和"。那位北京来的朋友比较矜持,与上面那位"豪夺"的相比,宜以"巧取"视之,因他只是一再表示对这瓶酒的浓厚兴趣,并不索取。当然,一旦我示意拿走,也就笑纳。

且说下了单之后,货一直不到,像其他快递一样,屡屡得到因疫情影响送货推迟的短信。我很担心忽然来一条退款通知,据说有些商家会玩这一手:谎称断货,退回款项,提价之后另接订单。这事没有发生。忽一日,接快递小哥电话,说货到了,进不了小区,快到大门口迎接。大喜过望奔下楼去,扛回来急煎煎打开一看,和我此前巡演者长得不一样。假货?于是到网上查,没查出所以然,倒是看到几条关于"生命之水"的科普:其一,这酒不应直接饮用，通常是用来调酒的，就这么喝，烧灼食道，伤人，喝挂了的都有，还有后遗症；其二，酒精并非度数越高消毒效果越好，"生命之水"若拿来外用，须兑到七十五度。

这没法不让人大起惶恐：多次就那么喝，是不是已落下后遗症？我甚至想到有次聚餐，我们院几乎半数精英都在席上，且多半都未甘寂寞，踊跃一试。若是真有后遗症，不就都中招了吗？果如此，罪莫大焉。

但自找平衡是人的本能，我自己说服自己，三下五除二即甩锅成功。现在要面对的是现实的问题：当酒精使还得稀释到恰好七十五度，这不是自找麻烦吗？若内服，经此一"疫"，"生命之水"曝光率大增，不复过去的神秘，炫耀的机会，恐从此不再，何况循例的喝法，是当作酒基，爱喝白酒的人，谁耐烦"鸡尾"？

一堆"生命之水"，遂成废物。

一醉方休

我把我灌醉

一

我的喝酒,是上大学时被同学熏陶出来的。之前只碰过一回酒,是高考结束后,和两个考文科的同学,在玄武湖喝过一瓶"通化葡萄酒"。出了公园有点头重脚轻,拍自家胸脯或拍人家肩膀,下手有点重,没数。只此一回,没有连续性,故基本上还是白纸一张。

我在七八级算小字辈,班上同学大多不是插过队,便是进过工厂当过兵,能喝酒的不少,班上聚会,喝酒是少不了的,喝了酒也总是热闹。喝的酒,红的、白的、啤的都有,印象深的是甜葡萄酒,只有十来度,男生女生都喝,通常就是在宿舍,房间中央的桌子拼起来开喝,空间狭小坐不下,有人就坐在下铺的床沿上。也没什么下酒菜,花生米、香肠、食堂里打来的菜而已,盐水鸭之类都少见。就氛围、结果而言，一点不差——最后必有人醉倒，醉后笑的、哭的、唱的、骂的、咆哮的、吐的，尽皆有之。也有不胜酒力躺下的，这时在宿舍喝酒的优越性便得以充分展示：也甭管是谁的铺了，就近躺下哼哼即可。往往里面躺着一位，床口坐着的继续在喝，只偶或转身察看或逗弄一下。躺着的那个若是醒醉之间插话或骂一嗓子，众人便都笑起来。

有位北京籍的张姓同学，逢酒必醉，醉后唱、骂、说疯话、吐等诸般情状都来，最后则必归结到哭，初时同学见状，安抚、陪话，不知如何是好，后来见得多了，也便习以为常。倒是不大闹酒的人，偶出一次状况，皆以为奇，也就广为传扬，且能传之久远。比如我们的班长，一九四九年生的，班上老大哥式的人物，酒量不小的，喝酒向来是 hold 得住的，hold 得住自己，如果想的话，也 hold 得住别人。有一次却是喝高了。那次先出状况的是个女生，好像是失恋了，垂头坐在床沿上，也不是哭，就是不吭声，面带戚色，跟她说话她也没反应。前面肯定是吐过，或哭过，或说过什么，不然怎么知道她不对了？但我都不记得了。只记得当时没有其他女生在场，几个男生在一旁手足无措。于是正在对面一寝室里喝酒的班长被喊过来应付这局面。他大概是知道点内情的，过来就坐到边上开导她,说话舌头有点大,说着便轻抚女生的头,语重心长像个长辈那样。那女生偶尔也回话了。我们见状都忍不住笑,更有人"小声"在说:"他醉了,他也醉了。"说的人也是带了几分酒意的,其"小声"实在也只是自欺欺人或掩耳盗铃式的"小声",而那二人浑然不觉。班长那样老成持重的人喝高了是特别有喜感的,一时间楼道里奔走相告,听说的人都好奇地过来张两眼,见状便捂了嘴笑,没人上前去打断。于是他们二人在一种接近围观的情况下兀自继续谈心,旁若无人。

那是个周末,班长是结过婚的人,照例要回常州团聚的,最后就有人提醒,他老人家仍坚持到开导告一段落才匆匆去赶火车。据说后来是翻墙头回的家,居然并没有跌着摔着。这当然是从他嘴里出来的话,借以佐证那天晚上并未喝醉。

二

虽然到毕业时,喝个二三两白酒已不在话下,我在班上多人聚会的场合却一直没什么表现。聚饮之际,固然也有自己喝醉的,然大多数还是被人放倒,我在班上是小字辈,经常冒些"学生腔"的话,让人逮着机会就说"乳臭未干"之类，没人会灌我酒。抗战时日本人放话说不以重庆为对手，那是做姿态，灭不了对手玩的攻心战，我的同学们是真的不以我为对手，何况大家囊中羞涩，往往买来的酒还不够闹腾呢。

我只有几回喝得多些，明显地感到酒意的汹涌，大体是小范围，两三个南京人。人少到如此，我也就个顶个算一号了。比如一位姓徐的同学假期游四川，带回一瓶泸州老窖，就邀我和叶姓同学喝。夏天酷热，食欲全无，在离学校不远的"一家春"点了几个菜，几乎没怎么动，结果跑到外面买回一堆冷饮，就着冰棒、雪糕，三个人很无厘头地将一瓶好酒喝了。回去后就闹肚子，上吐继之以下泻。

类似这样小范围的喝酒还有几回，白的、啤的、红的，都曾晕乎过。但我认定自己没醉过，因为自以为都很清醒。真正的醉是什么样？我很好奇，看别人的醉态不算，我想自己体验一把。按说这不难，几个人在一起时放开来喝，喝醉拉倒就是了。然而我对"醉"的探求是和对一个更严肃的问题的追问绑定在一起的，这就决定了我必定是独自一人向"醉"的目标挺进。

其时我很"文青"，很"愤青"——就是说，很戏剧化。那段时间正在纠结关于面对真实自我的问题：我认定自己没有说真话的勇气，不管是对别人，还是对自己。一些不体面的阴暗的念头都被过滤掉了，意识中浮现了也不承认。即使承认了，我也认定，还有些念头，我根本就没让它冒头。这有些像弗洛伊德说的潜意识了，但于我不是一个心理的问题，而是一个道德的问题——我总该知道自己究竟是什么样吧？再不堪也该有勇气去面对吧？我甚至和关系很密切的朋友在通信中还说到过，认定得有一种非常状态我才会打开自己。酒精的作用可令意识麻痹，不是说"酒后吐真言"吗？鉴于我的自我防御机制很厉害，我知道在人前即使酒后我也是本能地设防的，而且不可能喝到那地步。唯一的办法似乎就是关起门来把自己灌醉，看看那种状态下我是否会"说"些什么。

我挑了个家中无人的日子，确定那段时间内谁都不会出现，——有人发现准会以为是发神经，一经打岔就没法进行了。大上午的就弄了包花生米还有豆腐干，对着一瓶"洋河"大口喝起来。事先还准备了录音机，预想中的理想局面是会说很多酒话，录下来铁证如山，就是想抵赖也赖不了，如此这般，我便和真实的自我劈面相迎了吧？因为喝得快，三杯下去已是天旋地转，但脑子好像异样地清醒，直到磁带的一面已录完，还是如此。我因预感将一无所获而陷入焦躁之中，对着录音机骂骂咧咧说了些激将法意味的话，无非骂自己"懦夫"之类，并且还说了自己的什么糗事，好像借此可将"真话"勾出来。

这很有点像是在搞心理暗示，也像是演戏给自己看。而后就愤愤地接着喝，酒精的作用渐次彰显，我觉得肚子里翻江倒海很难受，脑袋瓜则太阳穴一撞一撞地疼。最后我的目的有一半达到了——我真的醉了。不记得最后脑子里有什么念头，仿佛空空如也，最后的一个画面则是有只猫待在窗台上，隔着纱窗在看我，一动不动，像个雕塑。

我记得是坐着的，下午醒来时则躺在床上，头疼欲裂，五内如堵，嗓子干得冒烟，床边上有一摊呕吐物。两天后才恢复过来，还把磁带倒回头听。那是特地备下的超长的一种，每面可录一个半小时。头一面什么也没有，除了背景声。第二面开始不久就听见自己在呵斥自己，而后又是各种背景声，再过一段，开始出现似有若无的呻吟，时断时续。知道后面不会有名堂，我也不耐烦听了。

根据录音带上开始出现哼哼之声判断，从开始喝酒到倒下，大概是两个小时。一场自我"逼供"的结局，大致就是如此：一场酣睡，外加一场呕吐。

醉卧地板君莫笑

饮酒,"醉"是个弹性很大的概念。醉与非醉的认定,劝酒的人是一个标准,自己又是一个标准。同一状态,会有截然相反的判定。在劝酒的人,想让你继续喝,会倾向于认定没醉,反之则倾向于认定醉了。喝酒的人自己也是一样。

比较客观一点的是外人的判断。有次我在一中学同学家喝酒,他父母用杨梅泡的杨梅烧,装在过去零卖雪花膏的那种大大的敞口瓶里,总有四五斤吧,红艳艳的,用汤勺探进去舀到碗里喝。平日喝酒是有数的,都是从一斤装的酒瓶里倒出来,看酒杯大小,也约略知道喝了多少。这一回却没谱,白酒泡制过后不复原先的烈,杨梅(或者还加了糖)又令酒有几分甜,喝得口滑;再加同学夫妻俩和他弟弟,平日都不喝酒的,那日都喝,说是"三英战吕布",让我豪气平添,自信心膨胀,一碗一碗,不觉就喝高了。傍晚从他家出来,要上自行车,自觉有点头晕,蹬几步又停住，跨上坐垫，到一半又下来。街对面就是南师大的侧门，学生进进出出，有人注意到我，指指点点说："那人肯定是醉了。"隔着街我听得分明，却不好辩驳，你要是上前说"我没醉"，那就更把你的醉酒坐实了。

这情形很像有次系里新年聚餐后回到家。家里人正在打牌，我妹妹听我说话声高，动作幅度来得个大，便对母亲说："他喝醉了吧？"近在咫尺，她一点没把声音放低。搁在平时，当面这样视若无人地说话有点无礼，但喝高了的常是不被当正常人看的，就像面对失去意识的重症病人，在病榻前谈论他的病情生死已无任何的顾忌。我却是听得清清楚楚的，就觉特别好玩。

虽是一问，我妹妹其实是认定了的。那就算是醉了吧？但那时还是我在喝酒上逞能的时期，若问我，我会承认有酒意，却一口咬定没醉。要让逞能的人认输是件很困难的事，除非"铁证如山"。问题是，何种情形可以视为"铁证"？

对醉酒的确认有时也像确认死亡的脑死亡和心死亡一样，可分两路：一路是看肠胃的反应，吐了便是醉；一路是看意识是否清楚，说胡话了，行动不受控制了，当然就是醉了。二者之中，更容易让醉者"服罪"的，似乎是后一种情形。已吐得一塌糊涂的人没准还要争辩他只是肠胃不舒服，人事不省就再无遁词了。两种情形，都可以叫"喝趴下了"，却未必一定是形体上的倒下。我平生只有两次，是痛快认"醉"的，没人逼我认，是对自己也不得不认。事实上躺倒的人也还有强为之辩的，有次一熟人不胜酒力躺床上去了，就坚称还能喝，只是头天晚上熬通宵，头疼得歇一下，云云。无奈我倒的不是地方——两次都是倒在地上，更有何词？

第一次是上海一朋友来南京，早就说定了的，要喝酒。晚上找了家能久战的餐馆喝起来，就两人。他是做新闻出版的，犯了什么忌，挂在那里了。我那段时间在评职称，当天上午刚述过职，得到的消息是通过了，照理应该高兴，但我一直在纠结那难堪的过程——不是别人给我难堪，是对自己的表现不满：那样近乎自我吹嘘的陈述想起来就脸红。而且不得不承认，当时还有点紧张。紧张什么呢？分明是在乎嘛。这便又联想起那一阵的烦躁，烦躁什么呢？还是因为在乎。我一直是以不在意职称之类的名堂自诩的，到头来这副德行，现原形了吧？

我自怨自艾的成分多些，说起来却还是大骂大环境。两个人都有牢骚，便以牢骚下酒。喝得并不快，到十点多钟，一瓶白酒却也下去了，两人说话舌头都开始打结。我又拿出几瓶比利时啤酒来喝。几年前在法国教书，领教了比利时的烈性啤酒，度数较通常啤酒高两倍还不止，接近葡萄酒了，很以为奇。当时南京还很少见到，那日恰巧在一德国人开的餐馆里撞见，特地买了来重温，也向他推介了。朋友不知深浅，大口喝，过一阵就不行了，趴到桌上，趴一阵，抬头应和我两句，又复趴下，后来就干脆不搭腔了。

再后来的事就有点模糊。反正他不知怎么躺地下去了，我好像过去关心了一下，看他不吐不闹的，没什么事，便又坐回桌边独自一人喝，杯中光了，见他杯里还有，想这酒浪费了可惜，便也倒过来喝掉。我是怎么也躺到地下的，记不得了，但肯定不是"玉山倾颓"式的忽焉复醉，是主动的选择，因为分明记得最后的一念，是见他躺那儿，睡态不无惬意，想那样躺下必是不错，这才择地躺下的。与朋友仿佛是一横一竖，两个方向。

喝酒的地方是家既做餐饮也做住宿的店，不像别家，早早地就撵人，或借着收拾桌子暗示你走人，而是买过单就由你。服务员大概也是兼项的，我躺在地下，在醒睡之间，蒙眬中就听有人说话："这两人醉成这样，要生病的吧？"过一阵就觉有人过来，拿什么东西盖在身上。我眼睛也懒得睁，兀自继续睡。不知过了几时，蒙眬间又有电话铃响，朋友接着，不知说了些什么。过一阵就有他的朋友来接他走，行前问了我几句，无非是我怎么办之类，我也答了的，应该是让别管我吧。而后我就被抛弃，一人在黑暗中不知睡了多久，醒来时发现月光从窗子照进来，黑影里好多桌子腿椅子腿。在地上又躺了一阵才爬起来，依稀想起前情，就下楼回家，大堂的门开着，一个服务员趴着盹着了，没人管，由我走了。

到外面打到车一路回去，只觉神清气爽，肠胃也一点不难受。心想这一觉睡得好啊。谁想醉酒有时也有潜伏期的，第二天起床后就觉头疼欲裂，同时闹肚子，百般难受。于是赌咒发誓，以后再不这样图一时之快地喝酒了。

也是没碰上特别的机缘吧，这酒誓居然维持了一两年，直到一位好酒的朋友从巴黎到南京来开会。此前有年我在法国教书，到他在索邦大学附近的家中喝过一回酒，那时是初见，又有其他的客人，至少在我，那酒喝得有社交意味。后来倒是通过 Email 往还熟了，知他好酒，还读过他发来的一篇酒文，不是酒颂实为酒颂，发煌饮酒大义，于其诗意的一面多有发挥。相比起来，我说到酒未免形而下了。然虽不能至，对酒的形上境界不胜向往。在电邮里说了不止一次，有机会要痛饮一场，这次他到南京来开会，岂能放过？

其实会上大宴小宴，从不缺酒，但会议颇多酬酢的

"杯觥交错"终是隔靴搔痒,不能尽意,遂约定会后私下喝一回。他是忙人,回国一趟,须赶回哈尔滨去探视父母,会后第二天下午三点得赶飞机,只好定在中午。想餐馆都得到十一点才营业,等菜上来又不知到几时,便商定在家里摆酒,届时又喊了两个他也熟悉的同事。说好十点钟便开喝,谁知他老人家将近十二点才到,原来是替信佛教的太太到鸡鸣寺了却心愿去了。如此一来,喝酒的时间所剩无几,我宽他心,说送他去机场,不必担心误机,只管敞开来喝。

——真是够敞的,一杯接一杯,酒到杯干,不多时大概便各有半斤酒落肚。用现在网上的话说,这就是奔着"醉"而去的节奏啊。当然的,说了许多话,内容不说也罢,反正是有点激动。两瓶酒快见底时,同事提醒,不能再耽搁,得走了。便准备送他去机场,不料往起一站,就觉气血全往脑门子上涌,头好像胀大了一倍都不止,往外走磕磕绊绊。同事看情形不妙,便说替我到机场相送。我还算有数,便由着同事代劳了。那朋友也的确有送的必要了,因走起路来重心不稳,在门口话别,声音很大,整个楼道都该听到了。

等他们下楼不见影了,我倚在门上好一阵,没力气,回到客厅,觉得很陌生,怎么看怎么不像我的家。我开始琢磨哪里不对头,却也想不出所以然来,意识到的是脑筋转不动。腿脚发软,索性就坐到地板上,而后干脆就躺下,是那种四仰八叉的躺,仿佛那么着舒服,也是顺其自然。再往后就该是一场深度睡眠吧。也不知过了几时,就听有人在喊。睁眼时,看见女儿的小脸出现在我头的上方,满脸的惊恐。喊什么也听清楚了——"爸爸,爸爸!你怎么了?!"后来她说,放学回来,进了门就见我躺在地下,起先喊也不应。大概我已是死的样本了,把小小孩吓得不行。

我移去床上继续睡,再醒来时已是晚上九点,天早黑了,怔怔地有点不真实。不知怎么想到"躺倒了玩"的话,这是南京话,里外里,横竖横,不管不顾浑不懔(全不怕)的意思。与喝酒醉酒之类根本不相干的,躺在那儿却想:我这里算不算是给"躺倒了玩"一个新解?又想到一句古诗,"醉卧沙场君莫笑",一种阔大苍凉的意境。我之醉卧地板,见者则大概唯有一笑了,除非是像我女儿那样,不明就里。

酒 气

"酒醴异气,饮之皆醉",不饮的人呢?也可以有一份陶醉,陶醉于酒的芬芳。不拘白酒、黄酒、红酒抑或啤酒,都有各自的气味,笼而统之,称作酒香。开了瓶则酒香四溢,好酒的人要把鼻子凑了去嗅,视为饮酒快感的一部分,不喝酒被动地也沾了光,即使没有那份陶然之乐,大多数人对酒的气味也绝不排斥。但是再好的酒入了口落了肚,马上性质大变:待与肠胃中其他成分搅拌过后,一股异味再由口中喷薄而出之时,好酒孬酒早已莫辨,随你喝的是"五粮液"、XO又或"十年加饭",都只一个字:臭。闻者或不至于掩鼻而走,然而如可选择,一定是敬而远之。

所谓酒气者,亦有高下之分。交警抓酒后驾车者的现行,常用专门仪器来测量,酒气浓郁到何种程度,却不好以此为判。既然无法量化,酒气的高下,只好大略言之。以我之见,其酝酿发展可分两个阶段,由量变到质变有一标志,即是呕吐。呕吐之前,尚可容忍,呕吐之后,吃它不消。

我之对酒气高下欲强作解,皆因大学时的一次醉酒印象深刻。此事主角现已成著名作家,为全其颜面,姑隐其名。且说那一回我与这位仁兄在餐厅里已喝高了,证据是二人飘飘然回到我的住处后,他还要再喝。其时我与一日本留学生同住,他是个好酒的,白酒常备不缺,桌边正有前一天喝剩的半瓶"洋河"。未来作家分外眼明,一眼看到,抓起就喝。接下去的一幕是"醉卧石凳"——他觉得人整个在膨胀,屋里盛不下了,就到外面的石凳上,先是坐,后是躺,最后脸冲下,取卧姿。取卧姿也许是出于本能采取的步骤,因为很快就继之以吐。吐,而后哼哼,再吐,再哼哼,如此循环往复,我之最初对"呻吟"二字有真切体验,即在此时。

然而体验更深者,却是何谓"酒气熏天"。形容喝酒者满口酒气,也说酒气熏天,在我看来,那却是夸大其词。盖因呼吸吐纳,远近不过方丈。必待吐酒之后,腹中所存,汪然出于体外,偌大一滩,气味迅即弥漫空中,蒸蒸而上,这才呈熏天之势。天,有容乃大,熏它不倒,真正熏倒的,还是左近之人。当时两边楼上就有人闻酒气而动,从窗口探出头来,一看之下,便知端的。一个拖了京腔明知故问:"什么味啊?!"下一动作是"砰"地关窗。忝为酒肉朋友,我则不能弃他不顾,便想扶他回宿舍歇息,却哪里扶得起?恰有一同学骑车经过,于是招来,东倒西歪弄上后座。好不容易弄到那边，宿舍却在三楼，两人抬，抬不动，只好背负而上。其中滋味，一言难尽。烂醉的沉重尚在其次，关键是一颗脑袋耷拉在我肩头，口中酒气，逼人而来，"浓得化不开"。本人已是半醉，有此异味交颈相诱，腹中愈发汹涌澎湃。幸亏尚属镇定，几番停下，好歹镇压下去。进了房间又有一难，是他的床位恰为上铺。于是又有几个同学鼎力相助。"鼎力相助"在此乃是不折不扣的写实：三人将其立挺至与床铺平行高度，而后用力一掀，如同麻袋翻了个面，未来作家自此进入长时间的僵卧状态。

他是"躺倒了玩"了，我则自认尚有义务待尽。校中虽有床位，他却是走读，而且家教甚严，偶宿于外，必得禀报。有道是"救人须救彻"，我便再鼓背人后的余勇，蹬车去做信使。当然是捏造谎言，说他有什么非得在学校处理的要事。报信完毕，自觉口齿清楚，条理分明，一路骑车回去，清风拂面，不免洋洋得意，有众醉独醒之慨。几天过后，那位仁兄从烂醉中归来，再相逢时，却给我一顿埋怨。原来他酒醒归家，当时就被老爹一顿奚落：一见贵同学，就知道你在学校干的是什么事——看他那一嘴的酒气！

照他的说法，我的出现，约等于举报。

酒 病

俗话说"牙疼不是病,疼起来要命",依我看,酒病也当作如是观——把"疼"字改为"难受"就行。

二者有个共性:一时半会儿要不了命,或者说,不致命。你不治它,疼一阵,难受一阵,到时也就过去了,不会不依不饶缠着你。唯如此,较之别的疾病,我们对牙疼、酒病才会等闲视之,不以为"病"。差别是有的,牙疼偏于"病来如山倒",酒病则病酒者深有所感的乃是"病去如抽丝"。牙疼起来势不可挡,我有个朋友有过夸张的形容,说发作时他"跳楼的心都有了",酒病就不会引出如此极端的说法。或许就是为此,牙疼受到更严肃的对待,有专门的口腔医院之设,你何曾听说过有什么专治酒病的医院?

当然,牙疼具有普遍性,或迟或早,牙病会不请自来,一辈子不病牙的人,百无一见。酒病却是自找的——酒病者病酒,饮酒过度引起的病症叫酒病,不喝酒或不过量,即无此病。而且患上酒病的人,多半听之任之,等它不治而愈,要治也是自治,谁会跑医院去?若去则必是问题严重了。重度酒精中毒、休克以致送命的事情是有的,但那只能视为意外事故,再嗜酒的人一般也不会闹到那地步。而所谓"酒病",也不包括这样的极端情形,甚至也不取喝酒高潮时的醉。不拘呕吐或说胡话发酒疯,纵酒现场的种种醉态均可归为一个"醉",那是进行时;必待酒在肚中又有一番酝酿,比如头天晚上喝的,第二天醒来觉得"浓睡不消残酒"了,那才是酒病的起始,故我们也可定义说,酒病乃是专指酒的后续反应,醉酒第一时间之后的那一段。此时戏剧性的一幕已经过去,却是"最难将息"。

我这么说,乃是从古诗文里归纳出来的。古人笔下,饮酒诗词车载斗量,所谓"诗酒风流",已成传统。飞觞走斝,难免醉酒,醉酒之后,自然是酒病。古人关于酒病的书写,亦复不少。我说酒病并非"玉山倾颓"之际并非无由,可证以许多"病酒偶作"的诗,皮日休一下就写了五首。试想烂醉如泥或翻肠倒肚之时,哪里能够?

这酒病又来得个复杂,要让医生说,"酒精中毒"便可一言以蔽之,就和"牙疼"一样。文人笔下则不单是生理反应,万端心绪都要掺和进来。比如欧阳修的《诉衷情》:"离怀酒病两忡忡,欹枕梦无踪。可怜有人今夜,胆小怯房空。杨柳绿,杏梢红,负春风。迢迢别恨,脉脉归心,付与征鸿。"——"离怀"与"酒病"并举,你中有我,我中有你,分拆不开,竟是合二而一了。邵雍《病酒吟》,"年年当此际,酒病掩柴扉。早是人多感,那堪春又归。花残蝴蝶乱,昼永子规啼。安得如前日,和风初扇微",重在人的"多感",也还是伤春悲秋之词。文人状写的"酒病",大率如此,路径是避实就虚,不说生理说心绪,撇开身体不适,升华出婉约的诗意。

我是俗人,酒病既来,从来没带出什么愁绪,体味到的都是生理上的难受——除了难受,还是难受。最典型的是醉酒后第二天的一觉醒来,你以为吐也吐了(未吐肚里也有一番折腾),头也大疼过,昏昏然一觉,应该雨过天晴,那一篇该揭过不提了。睁眼之际,犹作此想,待下得床来,方知昨日之事犹未了。头重脚轻,两腿发软,步履虚飘,浑身上下无一处给力,你觉得若出门简直就得扶杖而行了。古人会扶杖去看花,"花残蝴蝶乱",倒也能和酒病之身相映照。无如今人身在高楼之上,殊少这样的雅兴,关键是,以我的体会,百思俱废中尚存的一点灵明,只够去深味"人之大患,在吾有身"——不是玄学上的存在之思,是实打实地纠结于此时此身。此时此刻,一脑袋一肠胃，两个部分的存在较为分明。一是肠胃，若此前已吐到"余无剩义"，则此时唯余干呕；若先前不能一吐为快，此时却又吐它不了，总之不是欲呕无物，便是欲吐无力，堪比伤心到家之人的欲哭无泪。至于脑袋，昏昏沉沉，内里的情状用一个词来形容我觉得最是浑成，叫作"浑浑噩噩"。

不是善感的人，从未在酒后揽镜自照，但我见过酒病中的人，观其面孔，青、灰、白混而为一，真是一副病容，说得难听点，便是面无人色。料他人看我应如是，与熟人碰面，对方见状必先惊讶询问，知是酒病，便不免玩笑之词，盖知无大碍也。的确不打紧，病猫似的，三五日过后又是好汉一条，但这三五天的个中滋味，却真是"不足为外人道"。醉酒时好比电闪雷鸣，此时则如绵绵不绝的阴雨天，茶饭不思，百事俱废，一种雾数（压抑）的难受。在病恹恹的日子里，赌咒发誓戒酒或再不逾量者想必大有人在。梅尧臣肯定便是在一团难受中于病酒之害大发议论的。他有一首《酒病自责呈马施二公》，自责而兼劝人，说李白、杜甫都是"以酒败"，二人留下千古文章，犹有可说，"我无文章留，何可事杯觞？"——做不了好诗，还喝个什么劲？倒好像唯诗人有资格饮酒，或醉酒而酒病了，寻常之人则"礼饮不在多，欢饮不在荒"，总之,"安得入醉乡?"

这里的情绪比较低落(李白那些"斗酒诗百篇"意气飞扬的句子必做于酒兴正浓之时,而非酒病之中),没考证过梅尧臣此后饮酒是否当真遵守自己定下的"礼饮"之规,以我的判断,有点难。喝酒虽不比吸毒,有酒瘾者的赌咒发誓,却也多半是靠不住的。所谓"好了伤疤忘了疼",只要不是正在进行时,酒病往往是"事如春梦了无痕"。甚至于有人尚在酒病之中,便已又起饮酒之念,皮日休《病酒偶作》可以为证:"郁林步障昼遮明,一炷浓香养病醒。何事晚来还欲饮,隔墙闻卖蛤蜊声。"——躺床上养着呢,听见卖蛤蜊,酒虫便又蠢蠢欲动了,真是不可救药。

不过他这酒病或是不重,或是已近痊愈,或只是为赋新诗,说说而已,倘在发作之际,美食当前也难以下咽,甚而唯余一吐,哪里还有这样的兴致?

微　醺

汉字中以"酉"为偏旁的,有好些都与酒有关。有些字今日的用法已是与酒看不出任何瓜葛了,追本溯源,还是从酒来。比如"应酬"的"酬",本义就是劝酒。"酬酢"搁一块我们也都是当"应酬"解的,看作一个词,古时则"酬"是"酬","酢"是"酢":"酬"专指主人敬酒,"酢"专指客人用酒回敬主人。又如"酷"字,在演 cool 为"酷"之前,不拘为"冷酷",为"残酷",也已见不到酒的影子,然其本义却是形容酒味的浓。甚至"酋长""敌酋"之"酋"也与酒有关,"酋"是陈酿,久酿之酒。《说文解字》解"酋":"绎酒也。从酉,水半见于上。礼有大酋,掌酒官也。"后来的"首领"之义,也是从掌酒官来的。

也不奇怪,象形阶段的"酉"原本就是指酿酒盛酒的器皿——酒坛子上盖着盖嘛。合成出来的字,不管那半边声从什么,"酉"都是引领着意义,从"酉"就是从

"酒"。

偏旁部首为"酉"的字关乎酒的方方面面,造酒的过程有"酝酿",酒的浓淡有"酽"(现在用以说茶说醋为多了——"酽茶""酽醋"——原本则是指酒味的厚),最有意思的是,涉及酒后情状的字就有许多,可见古人对酒精作用下人的反应,颇感兴趣。"酡"字现已泛指脸红了,"酡红""酡然""酡色"原本却是专指喝酒后的面红耳赤,再往前追溯则更具体:"酉"为酒,"它"本义为"摆尾而行之蛇",引申为"摆尾游走","酉"与"它"合为一字便是醉酒之后不能直行,东倒西歪如蛇之摆尾游走。

当然也有一些字,古今一义,如"醉",如"醺",如"酩酊"。后者一直就是形容"大醉貌",现在也还说"酩酊大醉"。这里面我最喜欢的是"醺"字。一个"醺"一个"酽",我想当然地和绍兴黄酒联在一起。推究起来,认定"酽"形容酒时为绍兴酒的专属,可能与后者呈酱油色有关,浓茶、浓醋颜色都深,现在的"酽"于浓稠、味厚之外,也引申为颜色的深,我便倒果为因,妄加联系了。实则"酽"只说凡酒味浓皆"酽酽",岂独黄酒?

此外"酽"并不用来说气味,味厚是口舌之感,我偏偏觉得,加饭酒的气味可以"酽"来描述。加饭酒闻起来的确特别,白酒的香气我总觉有一份清冽,透着冷意,虽然入喉到肚,相当之热辣,加饭酒则来得特别平易近人,闻在鼻子里仿佛便能感知它的亲和力。但这与"酽"字何干?

"醺"字与加饭酒绑定则更出于一厢情愿的想象:我认定"醺"与"醉"是两事,"醺"是一种陶然忘我的境界,而喝绍兴黄酒最能臻于此境。于是酽酽地加饭酒在我这里便成了"醺"的化身了。

其实"醺"就是"醉",《说文解字》里交代得再清楚不过了:"醺者,醉也。"到我这里不知怎么"醺"就成了"醉"的初级阶段,仿佛一旦"醉"便是大醉。说到底,我是把"醺"等同于"微醺"了。古人云,"花看半开,酒饮微醺",然大醉之"醉醺醺",之"醺醺然",也是"醺"嘛,反过来,"醉"岂不也有"微醉""薄醉"?"微醺"与"薄醉",铢两悉称,恰可对举。

尽管对字义早已了然,我对"醺"字依然情有独钟,用蒙太奇来表现,这字与我记忆中的两个酒人是叠映的关系,这两人一是小时家旁边的张老头,他每天傍晚坐在门前喝酒,鼻子红红的,神情怡然;一是几十年后我住珠江路时,附近一盒饭摊上的一个壮汉,踩三轮送货的,经常中午坐在那里喝酒，全不管身边的熙攘嘈杂，看他那眯缝的眼睛，街上的人来车往到他那里似乎都是另一节奏。我看张老头喝酒时尚不识"醺"，看壮汉喝酒时则对微醺之境已颇能领略了。

微醺是三五分酒意，是"此中有真意，欲辨已忘言"的朦胧，前提是得有那点酒意。喝酒而无酒意，那你还喝它干吗？每见酒桌上有人应付性地喝酒，纯粹"恭敬不如从命"式，又有人海量，与人一杯接一杯干，酒到杯干而神色如初，不免为酒也为喝的人抱屈：喝酒在他们只是社交仪式，酒也就与寻常饮料无异了。喝酒而不是其他饮料，意在对日常状态的出离，一顿酒喝下来，依然故我，在一起喝的人固然是扫兴，自家不能得趣而只能"叨陪末座"，等于"陪公子读书"，那才是亏大了。

"依然故我"的另一极是烂醉，我已非我。有道是"酒能乱性"，倒未必是 sex 之"性"，解为"性情"更具普遍性，"乱性"者，是因酒逾量整个失去控制——或者控制不住肚子，上吐下泻，一塌糊涂，或者控制不住脑子，胡言乱语，乃至失去意识，当真是"此身非我有"了。

喝了等于没喝，无趣；滥饮往往不可收拾，将一点意思弄到没意思，所谓"过犹不及"。中道而行，才最能得饮酒之妙——是为"微醺"。微醺在醉与未醉之间，稍稍有点失态而尚能自持，控制与放纵之间的微妙平衡，如珠走盘不出盘。

微醺距大醉有多远？似乎难有定论。若将微醺当作一种酒后的兴奋状态，那么照医学上的描述，这状态殊少可持续性：酒精进入人体后对各个器官系统都产生相应的生理作用。当体内每一百毫升血液中含有二十至五十毫克酒精时，会产生短暂的泛兴奋现象，表现这种作用在整个饮酒过程中只是短暂的，因为泛兴奋的时间不可能持续长久，继之出现的却是更深厚更绵长的抑制过程。但我所谓微醺未必就是这样的兴奋，因快适之感未必形之于外，陶渊明"采菊东篱下，悠然见南山"，外人眼中当见不出"兴奋"之状，饮酒后的惬意，全在"悠然"二字。又或酒后睡意袭来，照上面的说法，当属"抑制"，然在我看来，这里的放松四肢百骸，朦胧中的快适，正属微醺的境界——何必张口不能自休，或手之舞之足之蹈之方为"兴奋"？

另一方面，你要问喝酒的人，他们会说一己的经验有时正好相反：哪来的什么"抑制"？酒后话多，倾谈数小时是常事，"连朝语不息"的情况也有啊。问题还在于，微醺与大醉之间的疆界怎么划。有一次与人喝酒间，便热烈讨论该问题。我认为微醺之境幅员广大，自有两三分酒意至醉倒，其间的状态，皆可以"微醺"视之。这是以结果来划分，座中有人以为太过泛泛。且以案例而非定义的方式质疑：

案例一，有一熟人在席上喝了半斤酒，酒意盎然，散席后驾摩托回家，一路风驰电掣，心情颇好，有策马扬鞭、乘风破浪之感，也不知过了几时，忽抬头见路边招牌上有"镇江欢迎您"字样，还嘀咕，哪里冒出个"镇江"来？再一看，觉得环境很生疏，不是归家之路的模样。最后终于明白，他在某个路口上错了道，已然风风火火闯到镇江来了。于是掉转方向往回开，终在凌晨四时回到家中，倒头便睡，一夜酣睡。

案例二是座中另一人不知从哪儿看来的。说一伙人在草原上喝酒，都喝得有几分迷糊了，相携往蒙古包外面撒尿。天似穹庐，星光灿烂，让人顿生豪气，哥几个一边"放空自己"，一边放声歌唱，歌声伴以哗哗声，好不痛快。却发现一哥们儿兀自引吭高歌，双手叉腰尿向前面空阔一片，好似骑自行车的双手脱把，只是半点动静也无。待他畅快过后，走到近前，才见他裤子湿了一大片，裤管不住地滴着，滴了一路。原来他站定位置拉下拉链一泄如注，却错把上衣拉链当作了裤子的拉链，浑然不觉。

——"这两人都醉而未'倒',能叫'微醺'吗?"他们发难道。我觉得如此抠字眼未免太胶柱鼓瑟了,不过原先的界划实亦有补充的必要,比如说,即使不"倒",也还应该以观后效,若第二天或头晕或腹疼,诸般难受,就不在微醺之列。要者自始至终,当自感快适。将摩托开到镇江去的那位我是认识的,听他说过,那天一夜狂奔,归后一觉睡到中午,起来神清气爽,晚上又有人请吃饭,他便重整旗鼓,再上战场——在大草原上尿了一裤子的那位不知后事如何,这一位总还该算在微醺之境吧?但我的补充条款仍被认为有将"微醺"扩大化之嫌,势必侵占"酩酊"的地盘——那又是一种境界,岂可先存偏见,预设"微醺"为高而将酩酊之状归入其中?

想了一想,我让步。事实上我所设想的"微醺"即或涵盖面甚广,也还没到那地步,至少驾摩托那位不具典型性。典型的"微醺",从饮入的角度说,好比是吃饭只吃六七分饱,是主动地留有余地,而非看上限说事儿。有一斤的量,半斤八两辄止,半斤的量,三四两即停杯。事实上以我的经验,及酒量之半,也就渐有酒酣耳热之意,要论饮酒之后身心舒泰的熨帖感,此时为最。

这么说并非罢黜"酩酊",独尊"微醺",酩酊自有酩酊的诱惑,有时还是更难以抵挡的诱惑。至少对酒的强烈向往，在想象中大多是奔着酩酊去。我在小学时尚未沾过酒，对酒却已不胜向往，这都是看《水浒传》《三国演义》闹的，那里面固然有"煮酒论英雄"式的喝酒，曹操的"对酒当歌"也当在微醺之际，但记住的都是"大块吃肉，大碗喝酒"式的豪饮。像刘关张的"三结义"，结拜之先，怎么也不会取浅斟低吟式吧？有过一次模拟，是四年级时与两个要好同学"结拜"，一人一碗凉白开，往起一撞，咕嘟咕嘟一气灌进肚里，自感有那么点义薄云天的意思。

再往后，到了高中，读了些唐诗宋词，在本子上抄下不少饮酒的诗句，也都是豪放一路，最有感召力的，当数李白的《将进酒》，天知道他老先生怎样"思接千载，视通万里"的，说的是饮酒，上来一句"黄河之水天上来"，倒似澎湃黄河水直泻入他杯中。"五花马，千金裘，呼儿将出换美酒"，爽啊！——虽然到那时为止，我仍是一滴酒也没沾过，"呼儿"的快感更是无从体验。他那里的"万古愁"我也理会不得，正像我从"醉卧沙场君莫笑，古来征战几人回"中感到的，还是阔大苍凉中的豪气。

家门口的张老头代表的是现实中的喝酒，古典文学描述的豪饮喻示的则是想象中的饮酒，在我这里，后者迅即完成对前者的全面"遮蔽"。有意思的是,你可以根本没有喝酒的现实冲动,完全不知个中滋味而想入非非。

即至真喝上酒了,诗中的那份潇洒自是没有,头疼闹肚子时或发生,虽然如此,还是往高里喝,一则年轻时向往的,肯定是豪饮,二则初涉酒事,不知深浅,对自己的酒量根本没数。最关键的是,这上面也有"不到长城非好汉"的劲头。微醺嘛,好比"绘事后素","绚烂归于平淡",那是中年以后的境界。

豪饮并非通向酩酊的不二法门,因"月下独酌"也可以"我歌月徘徊,我舞影凌乱"起来,不过聚众式的豪饮最容易导向酩酊之境。一帮子人到一起,大呼小叫的,几乎没有"小酌"的可能,那场合主动或是被动,难免走向气盛,——像写文章的所谓"气盛言宜","言宜"与否,其实不在话下,主要就是"气盛"。二三知己,把酒闲聊,那才是微醺的氛围。倒不在于座中是否有人劝酒,因人多势众时疾风暴雨式的劝与二三人和风细雨式的劝,完全是两个概念。

由豪饮而酩酊,喝的是一份痛快,小酌而微醺,有的是一份熨帖,一朋友称,二者不可偏废。我是同意的,只补充一点,豪饮偶一为之,小酌则不妨细水长流。话虽如此,我之倾向于微醺,其意甚明,这也是中年以后,酒瘾仍在,酒量滑坡,有以致之。于是也便对微醺之境,更能"觑得亲切"。只是很长时间里,我对幼时记忆里门口张老头一人独酌时的那份陶然,仍是隔教。每每晚上小饮,虽是一个独喝,却有家人在旁闲话,与张老头的"块然独存",究为两事。

但某日居然就开悟了。那个学期课很多,有一天是下午、晚上连着上六节课,回到家已近十点钟。一天课上下来,颇感疲惫,回到家任什么事都不想干,却也并无睡意。某次忽然动兴拿了酒来喝,此时早已不是晚饭时间,真正是一人独喝了。电视机开着,在看与不看之间,不觉间喝出点酒意来。一身的劳乏似在一点酒意中化作舒泰,懒懒地不想动,偶看两眼电视,自觉有几分像张老头眯缝眼蒙眬看着街景了。这也是微醺之境,与体力劳动者一日劳作之后来点小酒感到的惬意,大概相去不远吧?

酒 名

李白《将进酒》里有两句："古来圣贤皆寂寞，唯有饮者留其名。"好酒者听了巴不得当真如此。喝酒本是人生至乐，一喝之下，还能留名后世，好比天上掉馅饼。但李白是个诗人，浪漫到家，说话是没谱的。圣贤寂寞也许是真，饮者留名则不确，至少"唯有"绝对是夸张。他调查考证过吗？想都别想。要他这样信手信口的诗人三思而后言，近乎无理取闹。

三百六十行，行行出状元，干什么都可以出名。连浪迹花丛都可博个"薄幸名"，以善饮而得酒名，谁曰不可？古人中因酒而扬名者，正复不少。问题是喝酒名气大的，名声多半不是喝出来的。即如李白，是自居于"贤者"，还是仅以"饮者"自视，也就难说。"唯有饮者"云云，不是纪实，是豪语，更应作牢骚看。虽然如此，酒名也是"名"，仍然令人向往。当然，要见贤思齐甚而后来居上，恐怕有些难了。论酒量，李太白"会须一饮三百杯"；论态度，"少饮辄醉"的苏东坡热衷到自己动手酿酒；论与酒的亲密无间，刘伶自称"止则操卮执觚，动则挈榼提壶。惟酒是务，焉知其余"——都是比不了的。

然而"虽不能至，心向往之"，不敢比肩古人希冀留名后世，却也不甘自弃，小范围里争争名头还是有必要的。只是今人古人，风格迥异，李白、刘伶等辈是拍了胸脯自吹，我周围的人则大抵含蓄。比如桌上劝起酒来，张三说李四："你是海量，我不行。"李四连忙谦道："哪里哪里，跟你比差远了。"必待酒酣耳热，已是有点喝高了，所谓"酒酣胸胆尚开张"，才无所畏惧起来，大着舌头坚称他还能喝，到这时别人已是不把他视作竞争对手了。

顶真说起来，喝酒的名声要包括好多方面，酒量、酒品、酒风，均在其中。只是其他都属务虚，酒量才能落到实处，故名声在外的，多半还是因为酒量。公开或暗中比拼计较的，也是这个。天生海量的，也就不比了，比如我们院里有一位，一斤二锅头下去，浑若无事，我就从来没动过比短论长的念头。看似在伯仲之间的，就要别苗头（互相竞争）——喝酒上的论高下不像竞技体育，非拿金牌不可：不能拔得头筹，排名靠前也是有意义的。

一醉方休

我所在的文学院酒风颇盛，每每聚餐瓶中酒尚未尽，不拘多少，必有人提议喝光再走人，理由很有说服力，说是这么点酒还没喝完"传出去不好听"。这是事涉集体荣誉的。关乎个人名声的，则是以酒量排出的座次。某次新年聚餐，一别专业的人问，你们专业怎么个排法？我所在专业连我在内，有三个好酒的，年长的老杨、年轻些的小董，并未比试过，因正看见小董一手端酒杯一手拎酒瓶这桌到那桌地敬酒，便随口道："大概小董第一，我第二，老杨第三吧。"虽是随口一说，掂量起来，也该差不到哪儿去。

这话不合传到了老杨的耳朵里。到下一回在一处喝酒，正倒酒间，老杨要少一点，以手遮了酒杯道："我不行啊，我排第三嘛。"愚钝如我也听出来了，这分明是有情绪嘛。连忙表示判断有误，座次当重排。老杨拦着道："我是不行，该第三，该第三。"嘴里这么说，喝起来却是暗中发力，比我们喝的只多不少。以后每遇人多场合，老杨必会相机提起这话头，说："我们专业早排过了，我排第三，不行啊。"若是我在场，就会接过来承认那时不知深浅，现在摸清了，老杨是第一。三番五次，待到了第 n 回的时候，我忽然有悟：这是在逼着我肃清影响嘛。

我自食其言，倒不全因为老杨是上司，又年长些。在一起喝酒的次数多了,发现他酒量确实可观,尤擅长程作战,有时候分明看他不行了,过一阵又缓过来,还能接着喝,我开玩笑说,这是像下围棋的林海峰似的,"二枚腰"。虽然如此,我心里对"第一"其实还另有一本账的,想若是当真喝起来,还是我行。

又一回,在老杨家里喝酒,就我、他、小董三人。从下午喝到晚上,两瓶"汾酒"下去了,又找出一小瓶某个牌子的地产酒,七十度的,接着喝。七八两酒,在我绝对属于超水平发挥了,到后来就觉眼前物有点模糊起来,而老杨分明是高了,说话舌头打结,不大成句,还老是颠倒重复,起身上厕所人也打晃。我当然也高了,深一脚浅一脚回到家,想蒙头大睡,却是不能。第二天起来泻了一回肚子,人整个蔫了。偏是到了这时,心里还有个计较,想我都成这样了,那二位不定怎样哩。这时候若是他们吐了,趴床上起不来了,对我绝对是一种安慰——惨胜也是胜嘛。多少是出于这种心理,我给他们分别打了电话。小董那边是夫人接的,说刚走,打球去了。再打给老杨,老杨自己接的,声音没半点异样,与头天晚上我们告辞时整个判若两人。我问怎么样,他说:"没什么,挺好啊,昨天喝得痛快噢。"反正没吐没泻,一切正常。我放下电话,很是沮丧。

从那以后,我在喝酒上的名利心就淡了。

醉,还是没醉?这是一个问题

若是那种热闹的饮酒,酒酣耳热之际,往往会陷入关于醉与没醉的争执。

喝醉了的大着舌头声辩:"谁说醉了?没醉!"显然,桌上已有人论定他醉了。两种声音,两个标准,不大喝酒没经过阵仗的不知该信谁,悄悄问第三者:"他到底醉没醉?"

客观标准是有的,交警让你张开嘴哈口气,用专门的仪器一测,便知端的:血液中酒精含量达到一定程度,就是酒驾,再往上去,是醉驾。到这程度,当然是醉了。医生不跟你说什么醉不醉,只说"酒精中毒",轻度、中度、重度。——都是用量化的手段给你定性。确切地说,警察是定罪,医生是定你的病。

都是负面的,医学的角度、法规的角度,从这里看过去,"醉"是一件很严肃的事,一点不好玩。幸而一般人看待醉酒更像看戏,不那么当真,醉与没醉的定性只是随嘴一说，超功利，没目的，看戏的一部分而已。判定醉与没醉的方式也非常原始，所凭只是感觉和经验。依据的是警察、医生不感兴趣的饮酒人的"态"，状态的"态"，也是姿态的"态"。言动如常，是谓常态，言动失控，谓之失态，酒后失态，那就是醉了。

至此醉还是没醉的判断转化为失态与否的鉴别。然而"态"是没法量化的，怎样了就算失态，不免言人人殊。《说文解字》里解"醉"字，说是从"酉"从"卒"，"酉"表示酒，"卒"表示终结——酒喝到不能再喝的时候，就是醉了。问题是，关于能不能继续喝，喝酒的、劝酒的、旁观的，判断肯定不一样。喝酒的以为还有余勇可贾，劝酒的认定尚未进行到底，旁观者则可能觉得情况不妙。怎样算是失态，喜喝酒的人尺度大体从宽，因为要争得、捍卫多喝的权利；不喝酒的人大体是从严，因为未有历练，不免就容易大惊小怪。

多年前有次同事岁末聚餐，当然少不了喝酒，当时还年轻，半斤白酒不在话下。也就喝了半斤吧？骑车回家，有那么几分酒意，却是神清气爽，自觉总能在失去平衡的刹那挽狂澜于既倒，反应还来得个快。回到家，一屋子人正在打扑克，就见妹妹指了我道："他醉了吧？他肯定醉了！"当面指指戳戳这样说话，应该是有几分失礼的，她平素并非不讲礼貌,这是判定我已醉了,不必再以正常人看待,就像家人亲朋在重病的病人床前议论病情,已然就当床上的人不存在。但是我分明是清醒的呀!我知道,动作幅度可能是大了点,嗓门大约是高了点,但那能算是"醉"吗?喝了酒有点异常其实倒正常,喝了跟没喝一样,那还喝个什么劲?

当然,这是饮者的逻辑,不喝酒的人不认这个账。就算认了,也必有许多说辞,比如,他不肯简单化地一"醉"了之,他会在"醉"里再分出微醉、薄醉、酣醉、大醉、烂醉……不一而足。这里面大醉、烂醉不难获得共识——总是人完全失去了控制。有部字典上对"醉"的定义是"饮酒过量,神志不清",对号入座,这就应该是大醉。我通常把"烂醉"看作"大醉"的最高阶段。形容烂醉的状态有个专门的词,叫"烂醉如泥",这我见识过,醉酒的人整个坍下来,"泥"喻其瘫软,恰如其分。《智取威虎山》里假胡彪唱他灌栾平酒,结果"栾平他醉成泥一摊",把人说成是"一摊",似乎不着边际,事实上烂醉的人整个散了架,的确是摊成了"一摊"。呕吐物固然不好办,这人更难收拾,要挪个窝,费尽大事。我背过,跟负重物、背活人都不一样,虽然分明还是一活人,嘴里在痛苦地哼哼。

到了这地步,任是谁也认"醉"了。顶真地说,这时已是不得不认却连认"醉"也有几分力不从心。但这是特例,在尚可维持正常行为的范围内,肯于认"醉",劝酒者不认为是偷奸耍滑,局外人也认定是醉了无疑的,大约只有一种情况,便是吐了。酒后人的身体有种种反应,就饮酒人的感受而言,其著者一在脑袋,一在肚子。在脑袋,轻则头重脚轻飘飘然,重则天旋地转;在肚子则由轻微不适到百般难受,中间可有无数的层次。头疼比较"内在",缺少外显的证据,肠胃则难受到一定程度必会有戏剧化的表现,即是吐。故在酒桌上,你若声称头昏,他人多半不予采信,视为托词,你若吐了,那就会被认定真是醉了。

所以吐与不吐,无形中也被当成了醉与没醉的一道界限。到这时候,吐酒的人即使原是揎拳捋袖之辈也豪气顿消,去厕所出空肚子回来还勉力再战的,少而又少。灌酒的则"倒亦有道",再不知轻重此时也只能偃旗息鼓,善罢甘休:起哄的最高目标无非是将人"放倒",吐了就算是"倒了",只好去寻下一个目标。

呕吐之于喝酒,肯定属于计划外事件。哪怕是"拟将疏狂图一醉"的人,也未必做好了翻肠搅肚的准备,预想中"醉"的后果,也许不过是"浓睡不消残酒"而已。

其事出意外，又在于呕吐与酒意的多寡并不成正比：十分酒意，多有肠胃坚定大啖下酒菜行若无事者，二三分酒意，已是上吐下泻的，也所在多有。最惨的是身体状态或心情恰好不宜于酒，尚未有半点酒意，已然吐得一塌糊涂。此时照肚子去判断，已是"醉"得铁证如山，照脑袋去判断，却绝对神志清明，一无"醉"意。酒精若是于意识有一星半点的作用，也只是助你放大那份难受。饮酒的乐趣未曾领略，苦头则已受够，真是冤枉也哉。

呕吐固然难受，倘已隐隐然有呕意，不吐也未必能安之若素。由不吐而及于吐，有时是一念之间，有时是长期酝酿，喝酒的人都有的经验，倘肠胃不在状态，其难受实不止于一吐，很多情况下，吐了反而痛快。腹中汹涌澎湃而不能一吐为快，好比欲哭无泪，欲打喷嚏而不能喷薄而出，比不吐更是窝心。有道是"好便是了，了便是好"，可以改一下，此时"吐便是了，了便是好"。由此观之，醉与没醉，到肚子这儿反见模糊。

要想得趣又不引发不良后果，保险系数较大的法子是停留在微醉的阶段，喝酒的人肯定不会把"微醉"归入通常人们所说的"醉"。或许是"醉"会带来负面的联想，比如呕吐的惨状、头痛昏沉的感觉，我更喜欢"醺"这个字眼。其实"醺"常常跟"醉"作一处，所谓"醉醺醺"者,正是一种醉态,字典上也干脆地解作"酒醉"。但我下意识里仍将"醺"与"醉"区隔开来,同样的意思,"微醺"似也比"微醉"更惬我心。"醉"可演为"丑态百出"(吐也是一端),"醺"则保持在醒醉之间的状态;若"醉"是"动","醺"则为"静","醺醺然"三字若有画面的话,也只是打结的舌头与蒙眬的醉眼。"醉"是放纵,"微醉"则是有节制地放纵。"微醉"者何?"醺"而已。

"微醉"既然不被定性为"醉",许多酒徒不得已认"醉"之际,也就倾向于把自己归在这一阶段。某同事喜豪饮,半斤八两,不在话下,这一日已是奔一斤而去,酒后依然颇能自持,声高气壮而外,并无特别异常的举动,手机、皮包也还"莫失莫忘",蹬了自行车回家,不跌跤,亦不迷路。只是乘电梯多上一层,去敲另一同事的家门,待同事打开门来,他也还知罪,道歉不迭。过几日两人在学校照面,被敲门的一个笑言他醉得不轻,他疑疑惑惑道:"我不是直接回的家?"想想似有其事,却又道:"是你家?怎么好像是个女的开的门?"接下去是辩解:"谁说醉了?——顶多是微醉!"我猜他是将敲错门与后来太太给他开门混为一谈了,——到这份上,还说是"微醉",夫复何言?

所以,的确,醉,还是没醉,是一个问题。

烟之为物

疑似抽烟

抽烟在什么时候都不是一桩好事，不过过去罪名和现在不一样，现在的罪名是有害健康，我上中学的时候，抽烟则与喝酒一道，属于道德上的"不良倾向"（也有指为"资产阶级坏习气"的），沾染上了，差不多就可界定为不良少年。每逢要抓"阶级斗争新动向"的时候，学校也仿成人世界之例，搞检举揭发，到底人小，与大人的揭批"五一六"之类相比，检举出来的人与事都不上档次，不过是抽烟、喝酒、写情书之类被供出来。当然，有此污点，入团是别想了。

记不清我是否检举过别人，检举的资格我肯定有，上大学以前，我洁身自好，烟酒不沾，——也没机会沾。似乎只有过一次疑似抽烟行为，是上小学时与隔壁的玩伴躲在防空洞里抽丝瓜藤。这有点冒险，若被大人发现，打骂、关禁闭均有可能，然正因是犯禁，就更具一种刺激性。丝瓜藤本身也够刺激的。其实只要是枯藤，大概都可充数,唯城里人家当时种丝瓜相当普遍,也是就地取材。待"枯藤老树昏鸦"时节,扯了老去的丝瓜藤,截取较直的部分,香烟长短粗细,就可模拟抽烟。其辛辣非香烟可比,而且苦涩难当,我抽过一回,确切地说是一口,只能说是浅尝辄止。味道不佳之外,更因抽不得法,以为要把烟都咽进肚里,吸一口便夸张地往肚里咽,结果满口苦味,五内如堵,难受无比。那同伴咳得满脸红涨,涕泗横流,太阳穴那里青筋直暴,同伴也看我,我当然也咳得不可开交,正是:我看同伴多妩媚,料同伴看我应如是。抽丝瓜藤的一页,就此揭过不提。

很长时间里,我们和香烟的关系,止于烟壳的收藏和游戏。女孩喜欢集糖纸,烟壳则是男孩的宝物,钻头觅缝觅来,便拆开抹平,夹在书中,谁若拥有几十张,在同伴的心目中,其地位即不下于今之大富翁。但我没那个耐性,烟壳通常是用来斗输赢。这也简单,是将烟壳叠成麻将牌大小,褴褛形状,放在地下或桌上,轮流以掌击地,能将其震得掉个面,便是赢家。初时不知门道,揸开五指结结实实一掌下去,立马疼得跳脚。后来就知道五指并拢,虚掌以发。我醉心这把戏为时不长,若持之以恒,炼成另类的铁砂掌也未可知。

这是动手的,也可动口见高下,其规矩类于某年春晚黄宏、侯耀文小品《打扑克》里的那一套,赌大小:不同牌子的香烟价格不同,烟壳的尊卑即以此为判。"大重九"自然大于"光荣","牡丹"合当盖过"大前门","大前门"则又赢定了"飞马",倘有"大中华"在手,那就是孤独求败的境界。有段时间,对各种香烟的牌子、价格了如指掌,上大学时都还记得不少,以致班上一些积年的老枪以为我的抽烟是童子功,当然,只是疑似。我之入籍烟民且对香烟有"真知",是后来的事,该当下回分解。

烟　技

理想的读书应该进入得鱼忘筌的境界，不幸我老惦着一些不相干的东西，常常连"筌"也算不上。比如什么时候在《世界文学》杂志上读到过加西亚·马尔克斯的一篇短文《神奇的加勒比》，里面写到当地一女子抽雪茄，点着的那一头含在嘴里，烟从另一端冒出来，——整个与我们吸烟是反的。想不起文章的内容及主旨，照篇名去推想，应是描绘那片土地是如何的不可思议，上述吸烟姿态大概是别处未见的，不然作者也不会留意且特特表而出之，但是再怎么着吸烟也与该文的"意义"无关。

为这不相干的一笔纠结，盖因当时有满腹的疑问：这是怎么个吸烟法？嘴里不会给烫着？烟在嘴里不会灭了吗？还有，想象不出来，烟如何往肚里去。在吸烟上如此"倒行逆施"，不要说亲见，听也没听说过。小时过年放鞭炮，有同伴卖弄胆大，用牙齿咬住鞭炮的一端点着了放，轰然一响，众人惊服，那是引线朝外因而火在口外的；又有声称敢将燃着的火柴放进口里吞灭的，后来知道了，是闭上嘴口腔里无氧，火柴自然会熄灭。这些都不像加勒比吸烟法的无解。照文中所写，当地人应是习惯如此，那女子并不是在炫技。在吸烟上面玩花样的我也见过一些，相比起来，难度小得多，也平实得多。

最常见的是吐烟圈，过去电影里或是小说中常用来表现人物的无聊心绪，或是二流子气。有部电影里，在人物喷出烟圈后有一跟踪烟圈的特写，画面上烟圈停在空中，如纸上洇开的墨汁，由浓转淡，氤漫开来，圆变作长圆，最后没了形。印象很深却不知出处的一个情节可能是一哥们转述的，说一男一女两坏人（那女的应该是个女特务）在一处，都吸着烟，女的喷出一个溜圆的烟圈，男的随即也吐出一口烟，笔直如线，恰从烟圈里穿过。那哥们渲染加解释道，烟吐成一直道不难，难在凝而不散，就像好的手电筒的聚光，细而笔直的一道，这才可以完成对烟圈的穿越，否则一口烟把烟圈喷得没了形，那就一点意思没有。其时我在上初中，在抽烟方面尚是白纸一张，就觉神乎其神。情节的"意思"也是不懂的——我不解他说时何以脸上露出讲"下流"故事才有的暧昧表情，且他似乎还说了那俩坏人吐烟动作之后的打情骂俏，总之是淫邪的一幕。后来自然明白了，烟来烟去，乃是性的暗示，

"下流"到极点,也就更见得坏人之"坏"。

说这些近乎炫技,实因待我染上烟瘾之后,明白了烟圈之类,与吸烟本领的高下——不论是粗放地吸还是细细地品——并无半点关系。烟民之是否"资深",是否算得"会家子",根本不在这些花活上。不过年轻人总是容易产生征服高难动作的冲动,有一度我也想学着吐烟圈,却像学习打响指一样,总是难得要领。气人的是,有一平日不抽烟的朋友,偏能够把烟圈吐得像模像样。他能吐大小两种烟圈,大的无甚特别,不知舌头怎么一鼓捣,喉头有节奏地一动一动,烟圈就一个一个地出来。小的他人那里没见过,应属无师自通——就见他深吸上一大口,将吸进的烟含在嘴里,噘了唇作圆形,以食指轻叩鼓起的腮,便有硬币大小的烟圈络绎不绝地冒出,成了串的,——若说他吐的大烟圈是点射,这小烟圈就是连发。能有这样的描述说明当时我是认真琢磨过的,他也绝无技术保密的意思,相反,示范过多次:无奈吐烟圈也像别的事一样,是需要天分的,不会就是不会。

好在许多烟民眼中的一项基本技能我总算掌握了的——我说的是"回龙",即是吸一口烟,除了气沉丹田式肚里走一遭之外,第一回从嘴里出来时并不令其随风飘散,而让它进入鼻孔,绕行一周,这才徐徐吐出。最初还是在对香烟若即若离之时，见大学同班的两杆老枪吸烟，都是如此，他们呼吸吐纳之间，似更有一种惬意，让我称奇的却是人家鼻孔里喷出两道烟来，他们不，吸一口之后，却是嘴唇微张，就见两缕白烟顺着鼻沟不偏不倚，进入鼻孔里去，似乎一点不外流。

也许是觉着有趣或较鼻孔喷烟显得不寻常吧？反正有段时间就刻意学这一招。老烟枪们都不吝赐教，问题是很难理论化，这上面更是"运用之妙，存乎一心"的。我自己不仅摸索，而且琢磨过：如同抽油烟机的工作原理，我想烟缕能尽入鼻腔，应是鼻亦吸气引导，有以致之。故待烟从嘴里出来，即辅以鼻吸的动作。大约过于刻意剧烈，呛得大咳不止。以后虽时加练习，似乎难有寸进，呼吸吐纳很难拿捏得恰好。见老枪们那份从容自如，越发艳羡，自家却是认输，等于半途而废。

不意就在自觉已然放弃之时，忽一日，正与几杆老枪吞云吐雾聊大天，有一位突然盯了我道："咦？会'回龙'了嘛?!"其他几个都看一眼，说："果然会了。——这下也算一杆枪了。"想来是与学游泳、学骑车之类一样，从不会到会，往往在不意中到来。我还有几分不信，回了家揽镜自查，可不是有模有样的吗？有意思的是，那几位玩笑间好像把掌握"回龙"与否当作了烟民的准入证。我想大概没有什么根据说以"回龙"之法吸烟就比其他的法子更能得趣,不过也没法比较了,有道是习惯成自然,得了"回龙"之法,已然忘却故步,不让"回龙"就没法吸烟,之前吸的是何味道,无从追忆了。

关于"回龙",记得我还因从一本书里看到了相关描述而大生疑惑。塞林格《九故事》中《就在跟因纽特人开战之前》一篇写到主人公抽烟的情形:"他头往后一仰,慢慢地从嘴里吐出一大口烟,然后又把烟吸回鼻孔里去。他继续以这种'法国式吸入法'抽烟。"这不就是烟民所谓"回龙"吗?何以作者说这是"法国式吸入法"?是法国人多采此法,还是如此吸烟最早是法国人的发明?

塞林格是我喜欢的小说家,那是一篇极精彩的短篇,瞎跑题去琢磨"回龙",当时就觉得罪过,就像记住加勒比女子的吸烟忘了那地方的"神奇"让我不好意思一样。倒不是因津津于鸡毛蒜皮就心生惭愧——也算是"略识草木虫鱼"嘛,只是这也太"捡芝麻,丢西瓜"了点。

"断顿"的时候

有些事情,真正是"不足为外人道"的。这有两层意思,一是"非此中人,不足道也"——讲了也不懂;二是其琐屑的性质——事至细微,不足挂齿,不值一提。资深烟民手边无烟,弹尽粮绝时的惶急,就属此种情形。当此之时,个中人固然坐立不安,如热锅上的蚂蚁,不抽烟的人却很难有理解的同情,顶多是宽容地一笑了之。另一方面,临时性的断顿只是一时的难受,不抽烟不单死不了人,而且对抽烟者的健康只会有好处,那还"道"个甚?

对资深烟民而言,那一刻却真正是难熬。烟瘾之为"瘾",正如别的瘾一样,发作起来整个难以抵挡。不是说不能忍,所谓"忍过事堪喜",但这有一个条件,便是不给一点希望,彻底绝了念。比如火车上、飞机上现在已是绝对禁烟了,长途飞行,数小时乃至十小时以上一口不抽,忍了也就忍了,要补偿也是落了地之后。无他,这是有心理准备的。突然的断顿却是"猝不及防"的性质,若说禁烟属不可抗拒的"天灾",自己弄到一烟不名,就绝对属于"人祸"的范畴。一多半是对存货疏于计算,若是正当深夜,你知道的,也不过数小时,即可"再续香火",十多个小时忍得,一时半会儿就忍不得?然而你还知道的是,某个便利店里,各种牌子的烟就在架上搁着。就是这点希望让你不能"复忍须臾",立马就要专程去找补。

有次在网上与一海外的同学聊天,不觉间已是深夜,摸烟盒时,发现里面空空如也。忽然间谈话就变得难以为继,开始团团转找烟。有来言无去语,那边马上就觉察了,待知道端的,不免就要调侃,比为毒瘾发作。我不知道毒瘾犯了是何种情形,我只知道想抽烟、允许抽烟而手边无烟时,不夸张地说,几乎是百事俱废。

因此我有多次深夜下楼,跑老远买烟的经历。搁在白天,问题解决起来就要容易得多。有时有事在身不能去买,或须臾不能忍受,还可有变通的办法,比如说,向其他抽烟的人讨。

我发现与别事不同,烟民向人讨烟,并无心理障碍,而且两方都知道,肯定是有借无还。有道是"烟酒不分家",至少在吸烟上,烟民比其他人群更有"共产"的倾向。酒的分享，大体尚限于熟人之间，烟的分享，却可及于路人。这上面似乎是不分东方西方的。在威尼斯火车站，就有人向我讨过烟，并且一而再，再而三。那人是个夜宿车站的流浪汉，似乎另当别论，不过在纽约街头，也曾有过衣冠楚楚之辈甚或女士上前索烟的，尽管态度上要礼貌得多。

讨烟的对象，当然也是抽烟的人，烟民的身份比别种身份更具"公开性"，一烟在手，顿时暴露无遗，而此时的"身份认同"，比其他任何的"认同"都来得简单直接。至少在断顿的那一刻，吸烟的冲动可以让其他的身份暂时靠边。某次课间，忽发现身上无烟，这是我最需香烟的时刻之一，不免抓耳挠腮，到楼梯口守着，切盼有烟民经过。过往的教工模样的人不在少数，却无一且行且吸者，不摸底细，"身份"不明，总不能莫名其妙向人家讨。正焦躁间，发现班上几个男生在墙角吞云吐雾。大喜之下，也顾不得矜持了，过去就讨要，学生连忙奉上，且对烟的不够好大表歉意，一面几个就在那里窃笑。

这时候，要想让师道尊严维持不坠，的确是难了点。

病中戒烟记

酒是别想了。住院之前,意意思思喝了一瓶冰啤,——略等于饮料,不可能惹什么祸吧?——算是与酒作别。烟也没指望了?随身带了一包,打算上手术台前抽完,虽说烟与饭一样,没有蓄储这一说,心理上却似囤积可解饥渴。

不想到病房刚办好入住手续,正在走廊尽头吸烟处实行最后的狂欢,却见一穿病号服的施施然而来,从容坐下,摸出一根烟开吸——就是说,病人是无须禁烟的?!(痔疮看来与抽烟并无因果关系,至少并无大碍。)人是不能有一点希望的,希望如种子,潜滋暗长,挡不住地要发芽。飞机上绝对不让抽烟,也就罢了,此处病房里的措施比较人性化,"人性"自然要加以利用。所谓"人性"者,多数情况下,就是顺着性子来,"人性化"则是对人的本性取较宽容的态度。我立马将戒烟期缩减至须躺在床上挂水的那几日:第二天就手术,那么,开戒也是"指日开待"呀!

　　手术过后的疼痛不适让我无暇分神于香烟,躺在床上,看到同病房有人袖了烟出去也并不眼馋,倒想,就此对烟再无不舍,也是好事。——但是哪能呢?尽职的护士来进行"术后健康教育",忌食的"辛辣刺激类食物"列了一大堆,指望她不说到酒是不现实的,但确实没有提到烟。我还又细细学习了一遍,真的,烟不属违禁品。于是在余痛阵阵发作的背景下,我开始展望香烟在手的不久将来,短暂消失的香烟的味道似乎也在从走廊的尽头飘过来,氤氲不散。

　　与我同室的有位资深烟民,戏言"生命不息,抽烟不止"的那位,手术早已做过,治疗只剩下每天一次的换药了,自然有的是时间逸逸当当地去吸烟。他的存在构成了我抑制烟瘾方面的最大障碍。他带几分炫耀地说:"第三天挂完水我就抽了,没得屌事!"显然看到我由人搀扶着上厕所,有某种优越。我自不免羡慕,但发现他所达到的"高度"不是不可企及的。手术第二天我就可较自如地下地行走了,当然,还须挂水,然而如果我自己能持着吊瓶上厕所,持了去抽烟有何不可?剩下的问题是,吸烟处没有一个安放吊瓶的支架。同房的资深烟民十分支持我的开戒举动,说要去给我举着:"放心抽你的,没得屌事!"

但让人在一边戳着，吸烟过程即少了一份闲逸的味道，故婉拒。最后在走道的门上发现了一个朝上的插销，一个小突起处恰可挂吊瓶，起初还只能站着抽，到下午坐下已不觉大的疼痛，于是自觉抽烟之惬意，已然不在同屋的老烟民之下。

何处不许吸烟，大都是明言的，有标示牌上的大红杠耳提面命；何处可以吸烟，则须自加试探摸索，火车站、飞机场一类的地方固有名正言顺的吸烟区、吸烟室，学校、商场、医院，则无这样的"制度安排"。按照现代法律的精神，凡没有明令禁止的，便可以做，但人嘛，总还要识得眉高眼低，于是将放肆的范围缩小至存在着某种暗示的地方，比如，有烟灰缸出现的场合。这病房走廊的尽头有一圆筒，其上是一可卸下的装置，我不知道算不算是烟缸，但显然作烟缸用了，清洁工盛了水，通常有一批烟头在里面载浮载沉。

自然地，在病区里抽烟也是过了明路的了。待手术后坐卧自如，可以下地行走之后，这里即成为我流连的所在，虽然它的过道性质让人有一种不安定感。这里一头通向安全梯，另一边则是上上下下的工作电梯，时不时吐出一些人，或者是，病号饭咣啷咣啷从里面推出来了，于吸烟的氛围，大有妨碍。——但是，就别不知足了，允许这样一个角落的存在就很不错了。

令我惶急的是,在可以利用这方宝地,手术后与吊瓶为伴立那里抽了两支,期待着挂完水以后坐下来更充分地享受之际,忽地发现打火机没了。左右居然找不着人借火。当然可以待在那个区域守株待兔,但晚八点以后,病人家属大都告退,遇上烟民的概率大为降低,这可如何是好?走出医院去买也可以的,术后一天做此长征却似乎有点冒险,央家人送来,似乎远水解不得近渴。也许息了这个念头是最好的,无如这念头一旦出现,便如野火烧不尽,且星星之火,可成燎原之势。

也是急中生智,我忽觉得这电梯是大可利用的。以我的推测,每层楼这位置,必是同样的用途,也就是充当法外施恩的临时吸烟场所;那么,变被动为主动,扩大巡视的范围,各层都去看看,广种薄收,这二十多层的楼里,总能遇上个把烟民借个火吧?于是开始大肆浪费公共用电的勾当,驾电梯上上下下,每一层的指示灯都按上,停下电梯门开合之间,正可观察有无借火的对象,有则步出借火,无人则再上一层。别说,已实行几次,次次借着火而归。

入院手术,原是做好了戒烟准备的,至此自然全盘取消。算来戒烟前后计三十四小时。

香烟种种

一

我父亲不抽烟,自己小时也没染上此病,但却买过烟。计划经济的年代,什么都按计划来,香烟也在计划之列。计划经济常沦为匮乏经济,计划来计划去,结果是一切凭票供应。买烟当然是烟票,每月若干,具体的数目不清楚,反正真正的烟民决计不够。我们家的烟票通常都是送人,也算是"宝剑赠烈士,红粉送佳人"。唯有过年过节,要打些折扣。这时每家有份的烟票之外,机关干部还另有犒劳,可以在特别的供应点买到好点的烟。这烟家里会留着待客,年节过去,余下的再送人,所以先要买了来。我头次去买烟的时候好像报上正在嚷嚷破除"资产阶级法权",可能因为属于无产阶级特权的范畴吧,特供的规矩还是照旧。我买回的烟计有两种,一种是上海产的大前门,一种是南京产的长江大桥,后者的价钱我还记得,八角四一包。

到我会抽烟的时候,香烟已经敞开供应,花样品种也多起来,"大前门"之类,已风光不再,有"诗"为证:"一云二贵三中华,黄果树下阿诗玛,马马虎虎牡丹花,前门千万不要拿。"特供商店里却还是以不变应万变,过年一仍旧贯地亮出些老货。父亲认死理,以为"点"上供应的东西,必是好的,当个宝。有次过年回老家,硬要带从"点"上凭票买回的两条大前门送亲戚,我便有些不屑,说,就是在农村,这也送不出手了。他不信,到最后火了,说就送这个,抽就抽,不抽拉倒。当真就带回去了。可能是我多心,父亲取出烟的当儿,我发现亲戚们的神情端在惊讶和失望之间。看他们待客,掏出的都是阿诗玛、红塔山之类,也不知那些大前门后来做了何用,多半是自己抽了吧。

我知道香烟的行情,是在加入烟民的队伍之后。入伙的过程极偶然。八一年的暑假一人骑车出游,行前听老江湖指点带了条烟上路,说是遇事好跟人套近乎。有种说法好像"文革"后期就有了,叫作"烟开路,酒搭桥",又有个许是从知青那里来的比方,酒称手榴弹,烟称机关枪,前者得名想是取其形似(酒瓶似手榴弹),后者间接些，可能是因为烟的计量单位，一条烟的隐语是一梭子。要摆平某个关键人物，就是将其"撂倒"。当时的送礼与今相比只能算小儿科，一颗手榴弹外加两梭子即已构成基本装备。我并无须撂倒的对象，不过有备无患，说不定就派上用场呢？

但不抽烟的人，给人递烟也显得笨拙不堪。一路行去，住宿、搭车之类的，并非没有需套近乎的时候，问题是，我总是不知道怎样才能将香烟自然大方地递上去，往往一边和人说话，一边琢磨此时奉上，是否合适，结果时不我待，话说完了，一只手还在口袋里，在将掏出而未掏出之际。一人独行，有时会觉得无聊，偶或便抽出一根烟自吸，不想渐渐得趣，到此行结束，一条烟已然被我吞云吐雾，化为青烟。

我带的烟是上海产的"凤凰"，这一型的烟现在已见不到，其特别处是加了香精，南京的"孔雀"也属此类，点上后有股香味。但真正的烟民不买账，以为妨害烟味的醇正，正像菜肴里加入味精。香了他人，委屈了自己，太不划算。故而新鲜一阵也就销声匿迹。当时却绝对是好烟。

好烟孬烟，当然可以根据价格区分，不过也可以更宏观地把握。比如二十世纪八十年代初，带过滤咀与否就隐然是一道分水岭。有咀者俗称"带咀的"或"带把的",当时绝对属新生事物。过滤咀的好处是可以滤去部分的焦油、尼古丁,可惜抽烟者往往虑不及此,以我看来,实际的好处在它的爽洁。不带咀的烟衔在口中的那一端常被唾液濡湿,烟丝也会粘在唇上、牙仁上,抽起来很是不爽,而且更其显得一副"老烟鬼"相,有碍观瞻。有了过滤咀即再无此病。

但老派的烟民对这新事物碍难接受,以为一"咀"之隔,抽了就没劲。我有位老师,每日的量在两包以上,即持峻拒态度,不肯被过滤咀席卷而去。他总是买不带咀的烟,若有人送他带咀的烟,他抽时必要先将滤咀撅下丢弃,调转枪口从另一头开始。当然,过滤咀是大势所趋,不带咀的烟渐渐式微,几年过后,已是不见踪影。这一去,老派烟民的一些习惯招式也跟着消失:老把式从烟盒里取一支烟,先要在桌上使劲顿上几下,让烟丝顿密实了,质量上佳的烟卷,通常烟丝"卷"得较紧,次的就松松垮垮,几顿之下,上面小半截已成中空。

顺便说说,这顿烟卷的动作,可行之于任何有一定硬度的平面之上,以香烟一管之细,所需烟盒大小的面积就足够。过去有一种铝制的烟盒,讲究的可以是银制或镀金,原是供烟民防止香烟窝在衣袋里曲折断损之用的,通常可装十来支烟，抽烟者将烟卷从烟壳里取出，一字排开码放好了，还有一簧片压住，关上以后携了到处走，再不必担心烟卷有"不虞之毁"。这样的烟盒合缝处中间又有一机栝，手一摁便弹开，遇请人抽烟，从袋里掏出伸展手上，只一摁，天门中开，由人自取，状极潇洒，不似现在的将烟壳倾斜了抖几下，令一两支烟从里面探出头来，若所余无多，还需搜、抠的附加动作，太是蝎蝎螫螫。这样的烟盒，用来磕那几下，天造地设，行到哪里都可随意实行。唯使用此种烟盒的，都是有身份的人，也许是有生活"腐朽"之嫌，在电影里亮闪闪的，通常都是用作坏人的道具，不是大坏蛋，至少也要是个小开什么的。通常递给女特务的烟，就是从这样的烟盒里取出，而带几分妖气地吐烟圈之类，则几乎已成她们的"规定动作"。

对烟不离手的资深烟民，顿那几下则还有别的用途——便是让烟的一头虚空了，好将前面一支已吸剩下的烟头塞进接上，如此这般，物尽其用，烟丝一点也不浪费。这在供应紧张的年头尤有必要，想想看，再是会家子，若不是"接龙"起来抽，一支烟至少五分之一的长度，要白白丢弃。当然有时也未必，烟瘾大而肯于精打细算的，会将烟头积攒起来，剥了烟蒂上的纸将烟丝倒出再加利用。我一同学的父亲烟瘾很大，几次看见他将烟丝填入一支烟斗里,而平日他是不抽烟斗的。

在街上还可见到捡他人丢弃的烟头的,有的是搜集了回去深加工,若顽童或乞丐,则多半捡起刚刚丢弃地上还在燃着的,猛吸两口,再扔掉。印象很深的是有次冬天在汽车站等车,旁边站着个穿着有几分"资产阶级"的人在抽烟,一乞丐逡巡不去,不时对那人瞟上一眼,显然是等他弃下烟头。那时汽车上并无限制抽烟一说,只是车里通常人满为患,挤得立足都难,遑论吞云吐雾?而且上车就有一番战斗,擎着一支烟往人堆里挤无异自损战力。故吸烟者多半见车要到站便紧吸两口,或抛弃,或掐灭了揣入衣兜,留待后用。车说来就来,刚吸到一半也只好放弃,车站捡烟头,因此常有意外的发现。那乞丐这一次原本可以有大的斩获,因车来时那人手中的烟刚吸了几口,而且很大方地就这么扔了,谁知他紧接着就一只脚踏上去,习惯性地碾了几下。乞丐正待俯身去捡的,一时僵住了,满脸的惋惜。那人立马明白了,奇的是他的反应:他有些歉然地对乞丐道,"对不起"。

"对不起"好像是八十年代上面号召"五讲四美"那一阵子常与"你好""谢谢"一起,在公共场所墙壁上大书特书的,在我小时候,简直是空谷足音。但我对那一幕有清晰的记忆,却是因为后来写作文用上了这细节。只是作文里经过了某种转换，我对那一声"对不起"持激烈的批判态度，指为"虚伪"，还用上了"道貌岸然"一类的字样，总之涉及对"劳动人民"的态度吧。至于我给乞丐换了什么样的身份已经记不清，反正不是乞丐，因为新社会不应有这样的人，甚至"穷人"的概念也不存在的。语文老师对我的作文好像有点矛盾，她肯定了我的态度，说描写细致，给了高分，不过以为捡烟头这样的事不是合适的素材。

当然这是扯远了，谈香烟的等级，烟头怎么也是不入流的。不仅是烟头，有一度我认为凡自己卷烟抽，就属不入流，或者不上档次。后来才发现，洋人烟民自己动手的，大有人在。有专门的工具，各种牌子的烟丝，专用的过滤咀，专门的卷烟纸，做出来与机器生产的差不多少。在后工业社会，手工还大受追捧，顶级的哈瓦那雪茄就是手工制造。

我最初看到的手工烟就是对烟屁股的深加工，不过那是个别的行为，在南方城市，当真自己卷烟抽的人极少极少。头次见识作为普遍行为的自卷烟是在新疆。新疆人称作"莫合烟"的，都是买了烟丝回来自己卷，不借助任何器具，就倾了烟丝在小纸片上，凭两只手捻起来，最后舌头舔一下，粘上。卷的形状一般无二，都是一头粗一头细，呈小喇叭状，当地人似乎称之为"卷大炮"。那烟抽起来特别冲，闻起来味道呛人，新疆人（包括汉人在内）多食牛羊肉，也不知为何，抽"莫合烟"者，身上的膻味也特重，牛羊膻味与烟味的混合，熏得我昏昏然。

最奇的是卷烟用的纸，并无出售的专用品，都是自己找到相宜的纸张，裁成一小条一小条，一叠一叠码起，用一小盒装着带在身上备用（当然还另有一只装烟丝的盒或是小袋）。当地人似有共识，以为《参考消息》报上未印字的空白边角，用来卷烟最是上品。《参考消息》曾是报纸中最受欢迎的，那时也是，只是已经无须"高干"，普通人从邮局就可订阅了，再想不到在新疆还有这功用。机制烟卷用的白纸很薄，"新闻纸"要厚不少，但可能是纸质较其他纸张疏松，易燃、易"随物赋形"而不影响烟的味道的缘故，而且较易随地取材，就被众多烟民相中。当然都还属"高级"烟民，多半是公家人，总的形势是僧多粥少，甚至还有托人帮着弄过期报纸的。我不解的是何以新疆烟民情之独钟，唯在《参考消息》，其他报纸用的纸张不是一样吗？用《人民日报》《解放军报》难道有区别？问过不止一个抽莫合烟的人，都没说出所以然来，只说用它就是好抽。

二

我到新疆是一九八五年，撇开不入流的自制烟卷不论，那时宏观地给香烟分等要比现在容易得多。简单地说，只要是外烟，就算是上品。掏出一包外烟，不拘"万宝路"、"长剑"（KENT）、"三五"、"七星"抑或"骆驼"，都是有面子的事。以谁为尊或有地区差，在南京最受趋奉的当数"长剑"，时常脱销，要想办法才能弄到。不过只要是外烟，即无需"拿不出手"之虑。

外烟进入中土，当然由来已久，培养出后来居上的中国烟民之后，很长时间都是"淡巴菰"独大，直到南洋兄弟烟草公司雄起，才有洋烟、国烟的二分天下。但至少到二十世纪六十年代，市场上已看不到外烟，如同见不到其他进口商品一样。看来香烟上亦是自力更生，"帝国主义夹着尾巴逃跑了"。唯"文革"中有一阵，非"帝国主义"的阿尔巴尼亚香烟曾泛滥一时，据说还不要烟票，价极廉。然在烟民中这外烟口碑不佳，说起来不称牌子，笼统地呼作"阿尔巴尼亚烟"，据说味道糟糕至极，故在烟民心目中，"阿尔巴尼亚烟"差不多是劣质香烟的代名词，其地位恐怕还要在八分钱一包的"经济"之下。

八十年代的洋烟入侵系老牌"帝国主义"卷土重来，一水的英美大烟草公司的大品牌，自非"阿尔巴尼亚烟"可比，开放之初，烟民仰视，也是理有固然。其时外烟尊而国烟卑，从价格上即一目了然：外烟每包大都在三元钱上下，国烟则贵的也只一元钱上下。夹在中、外之间的有一种香港产的"良友"，感觉上要比"万宝路"之类粗长，一包两元上下，价位正与国人心目中欧美、中国港台、中国大陆的尊卑之序相匹配。

外烟价高是有道理的，工艺先进，松紧合度，品质有保证。国烟则参差不齐，好的与孬的有天壤之别，即使是好的，也时或不能保持水准。读到过一则逸事，说政治局开会，某领导正吸烟，一口下去，烟头上忽地迸出一火球，落在桌面上将桌布烧了一个洞。兹事体大，当然要追查，因是特供烟，都是专厂专人负责的，故能一直追查到责任人，就被撤离岗位，抓起来了。

一看便知，这是"文革"时期的事，但"文革"后的初期，烟卷的质量并无大的改善。特供烟尚且如此，孬的就不用说了。松的时常在烟盒里烟丝就能逃逸一小半，一支烟抽不了几口，点着了空瘪的一端等于烧纸，可以燃起火苗，绝对的易燃品；紧得则又抽不动，抽一口夸张点说要费吃奶的劲，且能抽着抽着自己就灭掉。又有烟丝中杂有烟梗者，烟灰老长一截也弹它不落，就因有烟梗撑持，硬撅撅挺在那里，可作"从中作梗"的新解。故一度有烟民对烟望闻问切，"望"的一端就是点着了烟卷令其自燃，凡中途不熄灭而能燃尽，烟灰色淡而真正化为灰烬者，就属上品。我因好奇也做过一次试验，一支贵阳卷烟厂生产的"遵义"，当时属好烟的，一炷香似的竖在那里让它自燃——取"站"姿盖因这姿势烟缕向上，比横搁在烟缸上的"卧"姿更难充分燃烧，保持不熄火燃到尽头的难度也就更大，果然不疾不徐，一直燃到过滤咀处，烟灰泛白且真正可以"化为齑粉"。这就见得烟丝的细而匀。烟是小姨父带来的，只两包，——不是办事的送礼，那时整条地送似乎太奢侈了。我因此为那支证明了自己却白白"牺牲"的烟怅然久之。

国产烟何时收复失地，很难给出一个确切的时间。似乎是小平同志南行之前就开始了。都说"中国心"最实在的层面建基于"中国胃"之上，中国人的思乡，总是从中华美食开始，或是以此为终点，其实说"胃"不如说"舌"，因为正宗的中国烹饪都标榜"食以味当先"。香烟别无色泽、口感之类，其"香"全在气味，而这上面，国人也有偏嗜，洋烟的式微，说到底还是中国烟民难以接受其味。起先还有"敬"，新鲜过去，便只剩下"远之"了。

其实年纪大的烟民即在洋烟风靡的时段对洋烟也是"敬而远之"的，有一中学同学的父亲，系最早在香烟上对我以礼相待的长辈（其他同学家长辈知道你抽烟也不会让烟，我们半大不大，抽烟总是"不学好"的行为），每见到我便操着山东腔道："抽一支，抽一支！"他便从不吸外烟，不单是嫌贵，人家孝敬的外烟他都是让别人抽或随手送人。不过真正见出外烟大势已去的，还是年轻人大多也认祖归宗，回到国烟怀抱。原先国内好些烟厂都创出外烟香型的牌子，中低档的如广州产的"金桥"，贵一点的如上海的"中华"——"中华"一直有中国"第一烟"之誉，居然也跟风弄出一个副牌，金色的烟壳，俗称"金中华"，与"红中华"共享一块招牌，允称烟界的"一国两制"。这就足见外烟曾经的势大。谁料曾几何时，外烟说不行就不行了，"金中华""金桥"早已销声匿迹，好像也只剩下北京的白壳"中南海"以低价独撑局面。

外烟、国烟风云变幻之际，我还属烟民队伍中的新丁，尚未成瘾，于中外之间，不甚挑剔。其后抽得多了，慢慢就只认国烟。原只是经验主义的选择，觉得国烟醇和蕴藉，不似外烟的浓烈苦涩，后来学习"理论"，才从"学理"上知道国烟、外烟气味不同，实因有"烤烟型"

"混合型"之别，香型不同，自有分殊。烤烟型香烟是以烤烟叶制成，混合型则顾名思义，是合烤烟叶、晾晒烟叶等而成。

外烟是混合型的天下，似乎只有"三五"是例外。我头一次触烟抽的就是"三五"，是在大学三年级。七八级学生大龄青年多，烟民成堆，我一直未下海而作壁上观，"失身"于"三五"乃是因其进口身份，兼以得之不易。我自己是得不来的，因市面上没有，用人民币也买不到，须有外汇兑换券，在专供外宾和出国人员的侨汇商店里才可得见。有个朋友在外贸部门工作，近水楼台，时有数量不大的兑换券在手里，光棍一条，烟瘾颇大，就都用来买烟，市面上见不到的国烟精品如"中华""双喜""牡丹"等等，外汇店里也有，但当然是外烟，更为珍稀，而外烟，时常只有"三五"一种，外汇券一元五一包。有次到一起，便很郑重地要我品尝，"就算不抽烟，'三五'总要来一根的"。我亦抽不出好来。他颇失望，临行很大方地遗下盒中还剩的三四支，嘱道："慢慢品，多抽几支，就知道什么是'高级'了。"还没等到我遵嘱细加体会，有一牙齿焦黄的烟枪级朋友来，觑得分明，大叫："哪儿弄来的?！'三五'嘛！"遂席卷而去。

外烟汹涌而入之后，"三五"即泯然众烟，也不知是否因香型近国烟因而不够"洋"的缘故,风头远不及"长剑""万宝路"。二〇〇二年我在法国教书,带去的国烟很快抽光,托在使馆工作的熟人弄两条他们的调拨烟,也是杯水车薪,外烟又抽不惯,弹尽粮绝之际,忽想到"三五",却是遍觅不得,后来在欧洲暴走,发现各处均无"三五"踪影,甚至"三五"老家英国也没有。又到马来西亚,于烟情有所考察,"三五"依然是缺席。难道中国之外,已是"混合型"的一统江山?是则我烟民于"全球化"浪潮中也算是独持异调了。好在没关系,放眼当今世界,香烟最大市场就在中国,我们人多势众,怕它作甚?

三

国烟之重新俘获国民,口味之外,重要的一端也是质量有大幅的提升,引进生产线,革新工艺,与过去简直不可同日而语。而且精益求精,与时俱进,"赶英超美",其他方面或有不能,在香烟上绝非虚语,价格上早就赶上并且超过。于是大概到二十世纪九十年代中期,抽外烟不仅不时髦,且"烟酒不分家"之际,已然有点拿不出手的意思。不能说抽外烟就跌份,不过大体上这是守势,在场面上只够维持起码的尊严——就是说，抽二十元一包以下的烟在人家眼里已属不上台盘，你可以因为混合型香烟就这价格，声明只抽外烟而保全颜面。

但是再抽"三五"就没理由了。一九八六年替一家出版社到北京组稿，登门拜访汪曾祺，老先生烟不离手，我注意到他抽的就是"三五"，书架上还放着没拆封的两条。九十年代他为玉溪烟厂写《烟赋》，对云烟大赞特赞，肯定已是舍"三五"而"红塔山"了。有个当官的朋友，好几年前平日也都是抽四十元的"苏烟"或三十元的"南京"，一久居海外不谙国情的熟人回国探亲，送了他一条"三五"，令他不知如何处理，对我道："抽嘛难抽，送人嘛拿不出手。"我笑道："不要不好意思，给我。穷人不在乎这个。"他原先没准备送我烟的，当真就有点不好意思，硬搭了条"苏烟"，大概表示并非自己瞧不上的才送人吧。

四十元的"苏烟"出现时，外烟仍旧在十几元一盒的价位上，其故步自封，自不待言。国烟则显现出不断进取的"创新"精神，一浪高过一浪，价格更是扶摇直上。进入新世纪，又有"极品烟"一说。

"极品烟"的概念烟卷的发源地没有，欧美似乎只有超贵的雪茄，香烟则只要同一牌子，再无高下贵贱之分，而且即使不同的牌子，价格高下的差别也极其有限，以我在欧洲所见，较好的"大卫杜夫"，与此时意大利、西班牙、葡萄牙的地产烟相差也不到两倍。这令吸烟者的"身份意识"难以彰显。而所谓"极品烟"者，当然是"国情"有以致之。

我怀疑"极品烟"原是特指党和国家领导人抽的那些，当然"极品烟"更像一个市场化的概念，"特供"与我们过去的体制才更相吻合。毛主席他老人家晚年抽的烟不仅"特供"，而且是"专用"，据说四川什邡烟厂一个小组专门手工制造，"九一三"事件后为安全起见，一拨人干脆到北京安营扎寨，就在中南海边上一小院里，每天一工人只能卷制十到二十支。这样金贵的烟自然无缘得见。邓小平抽"熊猫"烟，烟民无人不晓，且无不对"熊猫"致以无限向往之诚，但很长时间里这烟只是云里雾里的传说，谁也没见过真容。倒是有一种云南曲靖烟厂产的"小熊猫"鱼目混珠在市面上招摇，价格仅及"红塔山"之半，头脑正常的人都知道，它与邓小平绝对无关。有钻研精神的人在电视上遇有邓小平接见外宾的画面盯着他指间的烟卷细看，却也看不出名堂。唯一的一点线索得自他某次与外宾谈话的只言片语，他告客人说，他抽的烟是特制的，滤咀比烟还长。

然而邓小平的时代是开放时代，"熊猫"最后居然对百姓开放了，先是有身份的人送来送去，最后就堂而皇之地出现在烟酒柜台里。果然不同凡响，烟盒就与众不同，硬盒烟的烟盒边缘都是直角，"熊猫"则是修饰过的，也就愈显精致。至于味道，不仅醇和，而且细腻。"细腻"通常不用来说气味，但"熊猫"真的很"细腻"。

只是虽然再不设身份门槛，那价格却极不"亲民"：一包一百元。这价格拒人千里，足以让广大烟民定格在高山仰止的姿态上。其流通的情形，是比"中华"更绝对地"买的人不抽，抽的人不买"，也就是说，绝对的请客送礼专用。受礼者也有觉得不实惠的——能变现岂不更好？于是就有些烟酒小店来提供方便，竖一纸板，上书"收购高档烟"。逢年过节高档烟紧俏时，会特别点名高价收购"中华""熊猫"。当然，越是高档，收购者出手越是谨慎，必待验明正身，一无疑点，才会出价买下——为了再加价卖出。

我有个朋友，并非常有人孝敬的主，某次破天荒地，得了一条"熊猫"，多时舍不得抽，想卖了要值小半月工资哩，与夫人商议之后，便踅到一小店里，怕遇上熟人，又折回头骑车到远处找到一也干这营生的，还又瞻前顾后了一番，这才做贼似的，进去交易。店主人抠抠弄弄，端详一番，自觉没把握，到附近找了个有眼力的来会诊，最后得出结论：假的。怎么会假呢？我朋友就急了。店主也不搭理，只说绝对有假，那位被请来的高人是个好卖弄的，说了判别"熊猫"真伪的几个细微处，说得兴起，又拿过一条"软中华"，详加开释。言之凿凿，说得我朋友垂头丧气却又口服心服。他却也因此学得一技之长，技痒难熬，就此落下个毛病，以后见人抽"熊猫""中华"便要拿过来瞅瞅，经他鉴定，十有八九都是假。他是事过很久当笑话在我面前自我调侃的，说到他的鉴定则很当真，我笑说他这是那回被判为假烟，有心理创伤了，这也假那也假，找心理平衡。事实上那时真是假烟满天飞，从高档到低档，应有尽有。但"香烟种种"若要包括假烟，那就更是说来话长了，还是打住。

且说一段时间里，"熊猫"在烟界独领风骚，绝对地"大哥大"——"特供"出身，谁与争锋？没想到"熊猫"已然登场，国烟还能推陈出新，价格上再上新台阶。过去的顶级香烟，大略不出上海、云南两地，"中华""熊猫"不用说，八十年代后期至九十年代中期一般高档烟徘徊于十元上下（差不多与外烟分庭抗礼）的那段时间，"红塔山"立足于玉溪一隅，也能号令全国，其他地方的上等香烟都属地方品牌的范畴，大体上是在地方上各行其道，价格上亦少有"越级"者。"极品烟"——并无明文规定，我且擅自以价在每盒一百元以上划界吧——则是群雄并起的局面，谁都憋着劲攀上最高点。其实高档烟攀上二十的价位之后，各地烟草行业已经在别苗头，但凡有实力的，谁也不甘人后。而烟厂又皆得到地方政府的支持，利税大户嘛，绝对要保的。某年夏天南京大热，供电顿形紧张，要保证民用电，对许多企业限量供应，该拉闸就拉闸，重点单位则要保证，供电局得到的指令中，据说头一个要保的就是南京卷烟厂。

南京烟厂的顶级烟就叫"南京"，"南京"系列从低档到高档，五元、十一元、十五元、二十元、三十元……分级颇细，应有尽有。只是四十再往上即不再循序渐进，突然高企至一百五一盒，这一种号称"九五至尊"，因是印有金龙的黄色烟盒，俗称"黄南京"。该系列的其他品种，以颜色的不同，亦分别称作"绿南京""红南京""紫南京""金南京"等等，"黄南京"颜色并非随便乱用，本是帝王之色，又有金龙蟠于其上，以一百五的身价，确乎可以称孤道寡了。有一度我便以为"黄南京"为中国香烟之最，因想南京这么个温吞水的地方，这上面倒敢为天下先。后来才知道是井蛙之见——哪儿啊？各地都有"极品"，山外有山，天外有天，价在其上的且有哩！广西的"真龙"就吓了我一跳：在南宁开会，有同事习惯到一地便尝尝当地烟，我们一起去逛的，问售货员，本地人都抽什么烟，回是"真龙"，也是一个系列，好多种，同事想广西经济不甚发达，烟能贵到哪儿去，也不看牌价，竟自有几分托大地说，来盒最贵的。你道是多少？——两百！我同事一听，立时满脸红涨，也顾不得面子了，捏鼻子走人。

有此意外，"极品烟"遂成我烟情考察的新项目。有道是"不看不知道，一看吓一跳"：内蒙古有"冬虫夏草"，浙江有"利群"，湖南有"金钻芙蓉王"，湖北有"黄鹤楼08"，云南有"境界玉溪"，河北有"景泰钻石"……身价都在"黄南京"之上，最夸张的"和天下"，每盒价至二百七十元。相比起来，"黄南京"都要算是小巫。

但这都是资深烟民或好事者方有所知，而且即使资深烟民，于非本地产"极品烟"，肯定也所知甚少。以在烟草消费界之外的人群亦有所闻而论，恐怕还是以"黄南京"更胜一筹。其知名度之来，与广告推销之类全无关系，乃是拜周久耕"香烟门"之赐：这位南京江宁房管局的局长大人勒令不许低价售房，犯了众怒，网民于是展开人肉搜索，不多时周平日抽什么烟，戴什么表，穿什么衣，开什么车，又价值几何，都被抖搂了个底朝天。最能耸动舆情者，是一个图文并茂的帖子，题为"房产局长抽1500元的烟"，且有周开会的图片为证，照片上的烟，便是"九五至尊"的"黄南京"。

此事的结局，尽人皆知，民情沸腾之下有关部门调查周久耕，查出其不法财产两百万，周以此被判十一年，锒铛入狱。为其抱屈者亦不乏其人：所谓"奢侈官员"者，不计其数，为何独独周久耕倒此大霉？也有人笑周久耕不自量力，有"越位"之嫌，"黄南京"曾有广告语，曰："九五至尊，厅局级的享受！"按中国官场级别的换算法，区区江宁区的房产局长，撑死了不过一个处级，——抽"九五至尊"，他级别不够啊！

为周设身处地，也真是冤枉也哉：坐牢虽因他事，却由区区一包香烟而起。谁会想到，一生仕途，败于香烟？周久耕肯定是准备着在官场一亩三分地上长久耕耘下去的。

——呜呼！抽"极品烟"，能不慎欤？！

附记："香烟门"的确后患无穷，周久耕出事之后，不仅小官，货真价实的厅级乃至厅级以上高官也再不能坦然享受应属"分内"的极品香烟。据说江苏官场现已流行香烟散装法,遇开会等场合,抽烟者面前例置一小碟,内盛拆散了的烟卷,烟盒隐去,网民称为"裸烟"。烟之高下贵贱,也就难于辨识。这举措越发见出做人之难,身为官员,抽烟尚须掩饰,不自由若此,怎不令人同情?官员们私下没准要埋怨,都是周久耕惹的祸!

怎得从容害自己

作为一介烟民,每到一地,对当地吸烟者生存状况聊作考察,乃是"题中应有"之义。并非自觉肩负访贫问苦的使命,——烟民于今早成"弱势群体",求告无门,万难指望在开放烟禁上的人道主义,且科学论证之下,亦自知是有"原罪"的,岂敢做他想?难道搜集了烟民种种苦况还想邀得同情?也就是为自怜添些资本罢了。

"自怜"也包括同为烟民者的"惺惺相惜",所谓"抱团取暖"。这里面就包括,你若到国外,马上会有人询问那里情况如何?——问也是白问,因为心知肚明,哪里都形势严峻,所以更多还是嘘寒问暖的性质。当然好奇心也是有的,何况总有差异,问到更严苛的禁令,自家的境况,也就差堪自慰。我到首尔两月有余,已有不下五人次询问此间行情,而不待询问我已大吐苦水者,亦当在五次以上。

大体上,首尔凡公共场合,已是全面禁烟了,不仅是室内，户外也大受限制。与国内相反，在有屋顶的地方，出现 NO SMOKING 字样并不多，甚至很多餐馆、咖啡厅（在国内往往会网开一面）也不加提示，唯厕所之类烟民以为尽可"躲进小楼成一统"的所在，才是重点，大解之地，自成一体，最易成为避难所，更是重中之重，我有次好奇，想，每个小隔间里都有警示吗？当然。至于户外，我不能说 NO SMOKING 触目皆是，然许多街角、巷口、门前，烟民易于驻足麇集之地，往往就见个正着。有次在梨花女子大学附近一小巷口歇脚，摸出根烟来抽，刚点着就有人过来冲我摇手，且示意看墙上，——可不是又清清楚楚写着么？

倒也并未赶尽杀绝，吸烟区便是对烟民人道主义的制度安排。我教书的学校里有几个吸烟区，每至课间，人头攒动，烟雾弥漫，允称烟民集中营。虽未划出圈来，烟民非烟民却有共识，出离那几个点，便属禁区。点太少了，抽根烟要跑老远，我寻思，法所不禁即允许，未标明不许吸烟处，便可以了吧？奥巴马馆有一面大墙，某次经过，发现背风，就立于墙下抽一支，却有行人注目，讶异的表情，回头想想，似乎韩国人都是规规矩矩在吸烟区里吸，于是匆匆掐灭香烟，自此再不做"钻法律空子"之想。这上面也是有约定俗成的，既非吸烟区又无 NO SMOKING

标示的中间地带，就看那里有无狼藉一片的烟头，见到过的，但真的，少而又少。韩国烟民怕是久已习惯在严法之下夹缝中的生存，他们总是能在公共场所、路经之地迅速找到吸烟区。

车站、机场、高速公路休息区这些地方，当然都有吸烟区，或是一玻璃简易房，或是一有围挡的平台，当然，不是在里面，是在露天的空旷处。露天有风，常把烟给刮跑了，到嘴不到肚的，常以为憾，故我的反应是，待遇不错啊，在户外凭空弄出个近于室内的空间来。然而里面人满为患是常态。更让我情知不妙的是大热天。去釜山那回就正撞上，在火车上憋了一路，一出站看见玻璃房吸烟室，真是分外眼明。谁知正当下午的高温，曝晒之下，里面简直如同暖房，一支烟吸罢，汗出如浆，如洗桑拿。

但这就算不错了，除此之外，要想找到一处室内吸烟的地方，基本上没门。也不是绝对的：有些咖啡馆是可以吸烟的，我住处对面有一家就是。只是你不要以为可在座上舒舒坦坦地吸，不是将座儿划为吸烟区、无烟区，是得去一小室之中，一如机场、车站的吸烟室而更逼仄，里面除了烟灰筒什么也没有，想带了咖啡进去都没地方搁。抽烟本是惬意的事，一人戳那儿门窗紧闭闷头干吸，我觉着像是在禁闭室里反省。

在韩国，我觉着无所谓，对许多烟民又堪称严刑峻法的，是行进当中禁止吸烟，边走边抽是不允许的。你可看到餐馆门口、便利店门口又或其他指定吸烟区常有烟民或坐或立在抽烟，路上却一个也无，像国内驾着车、骑着车嘴上叼根烟的那份潇洒豪放，更是没有。有次跟一也属资深烟民的韩国朋友去看戏，剧场门口不让吸烟，不得已走了一段路找到一可吸烟处，没抽两口，发现戏已将开演，他猛抽两口便掐灭走人。我是不惯走路时抽的，然烟还有大半截，没过上瘾呢，便想进剧场之前再抛弃，他于是婉转告诉了我韩国的规矩。想一想，这是有道理的：吸烟区之设，就是要把烟民与不吸烟的人区隔开来，街头巷尾、餐馆、便利店门前那些吸烟区，虽然并无围墙，却是固定的，你就待在那里，路经之人知所防范，若在意，自可敬而远之；且行且吸就不行，行人不知何时就会有一缕二手烟欺上身来，无从趋避。再者行人稠密之地，烟头还容易烫着人，那就更不是闹着玩的了。

设立吸烟区的人道主义分寸于此也就显现出来：烟民不是烟瘾憋不住吗？行，也不往绝路上逼，给个地方，集中到里面害自己去，别妨着别人。虽说在我看来，韩国的禁烟已是到了烟民动辄得咎的地步了，但你是咎由自取，再怎么憋屈，这个理我也得认。人在异乡，新奇可看之事之物之人所在多有，往往一出门就逛上大半天，偶在吸烟区抽支烟，没半点从容自在，真是难受。这时还可享有的"消极自由"就分外诱人，——我说的是，你在自己的房间害自己，没人管你。临时住所，自是因陋就简，平日只觉种种不便，这时候就只道它的好，你是自由的呀。故烟瘾发作之时，住所"家"的意味忽然膨胀，在地铁上、公交车上，一念全在回"家"。而后，关起门来，从从容容，平心定气，害自己。

细　烟

老之将至，或已至，对资深烟民，现在还有了一个额外的征兆：忽然从抽粗杆的烟卷，改成抽细杆的了。

粗细之分，原来是没有的，凡烟卷，原只有长短之分，即是带过滤咀与不带过滤咀。不论长短，粗细是一样的。例外不是没有，外烟当道的那段时间，曾有一种被称作"摩尔"（MORE）的细烟颇风行，据说是供女性吸食，故又称"女士烟"。较一般香烟略长，因细瘦更显苗条，用的是雪茄色的纸，看上去像巧克力棒。与正常香烟相比，抽起来平添一份优雅。文学还在引爆各种话题的时代，文艺青年特别多，而抽烟于文艺的氛围似有加持的作用，也成为文艺范的一部分。女性而抽烟，无端地就见得颇为"先锋"。一拨年轻男女郊游，敦促女生抽烟可以成为一个节目，男性吸烟不足为奇，女子吸烟就如奇装异服一般，引人注目。劝导成功，如同诱人犯禁，不乏成就感。

有包摩尔在手，劝诱更易得手，——既然专为女士而造，其某种合法性自可抵消犯禁的罪恶感。不仅如此，它的洋身份还提示了一种摩登，落后国家，就没有这种为女性量身订制的货。摩尔烟里有一种绿壳的，薄荷香型，格外地能够激发出女性的一份好奇心，好像有薄荷掺入，就可不以抽烟论处。有一哥们，赴约会必事先准备好"摩尔"，据他所言，第一次劝导成功，最具说服力的，就是薄荷味。而抽着烟聊天，气氛特轻松。我笑话他，都说酒是色媒人，到你这儿香烟成色媒人了。

虽然有摩尔在前，它却不能算是今日大行其道的细烟的鼻祖。摩尔是以女性来定义的，别是一路，名曰香烟，——事实上也不能说不是，然对资深烟民而言，其存在往往有淡化乃至消解烟民身份之效。抽两口稀罕一下尚可，当真抽这玩意儿就成异类了。我那哥们有次与众人喷云吐雾之际，发现烟盒里已空空如也，忽想起囊中尚有备着孝敬女友的摩尔，掏出来散给众人，立马就成为群嘲的对象。

现今的细支烟不仅跨性别，而且主流的消费群体就是男性，其作为"烟"的身份已是无可置疑的了。起初的国产细支烟或者是冲着分外国女士烟一杯羹而来也未可知。我最初见到的是南京烟厂的"金陵十二钗"，从牌子到包装，相当之女性化。不能说无人问津，在超市卖烟的地方却也就是聊备一格、叨陪末座的地位，男烟民的态度基本上是无视。有那么几年，细烟在架上的存在感不强，花枝招展，实为点缀。也不知从何时起，渐有男烟民染指，而后，忽如一夜春风来，各种大的香烟品牌都出了细支烟，到如今你往超市卖烟处张一眼，俨然已是半壁江山。

我大规模地抽上细烟纯属偶然，其时星星之火已成燎原之势，只是我习惯性地无视而已。有个老学生远道来看我，带了两条细支的"黄金叶"。自己不抽，又无处送人，因抽烟的朋辈未见有人叼着细杆的，遂束之高阁，几乎忘却，直到有一天断粮，不想跑出去买，这才想起还有存货，从犄角旮旯里翻出来，聊补无米之炊。待第二天外出，第一事就是买了惯常抽的烟，"黄金叶"又复弃之不顾。真正转到细烟的赛道上来，是动了胸腺瘤手术之后。术前便已禁止吸烟，——正当"长靠"生死大事之际，最需香烟缓神，而竟不之许，百般难耐。我还没顺其自然到视死如归的地步，不敢照抽不误，却又忍受不住，于是寻出"黄金叶"，给自己的安慰是，细到这地步，已不能以香烟视之，应该于我无伤了。

我对烟瘾有理有节的抵抗持续到出院以后，已知瘤为良性，并无大碍，连问起出院注意事项，主刀医生都说"正常生活，一切照常"了，我抽烟上也没有故态复萌到"正常"的水平。关键是，一直坚持只抽细烟。没想到久假不归，待两条细烟抽完，自认可以真正复归"正常"时，忽然发现粗支的香烟抽不惯了。不惯是全方位的，首先是夹在指间，就觉粗烟是狼犺之物，好似抽惯了纸烟的人弄根雪茄夹着，比例不对。再者粗烟吸上一口，似觉粗粝了，倒也不是冲与呛，或劲太大之类，只是潓漫口中，不甚聚气。此种与细烟吸感上的差异颇难验证描述，唯用过老式手电筒的人可喻一二。过去的电筒，有聚光不聚光之说，转动灯头部，令射出的光圈聚为一点，才照得又亮又远，不能聚为一点，即为不聚光。现在抽粗烟，就是这感觉。

同样牌子同样档次的烟，通常是细烟较粗烟口感上更细腻醇和，却又并不如早先所想象的寡淡。有人把抽细烟比作喝低度白酒，我觉得引喻失义：低度白酒如同掺了水，薄而寡，细烟其实不失醇厚。真要做比，低度白酒应该比作低焦油低烟碱的烟，看上去不失粗豪，抽起来一点味道没有。

既然颇能得趣，就此转入细烟赛道就是顺理成章的了。然而作为一个曾对女士烟/细烟夸张地表示不屑的资深烟民，下意识里总觉自家的转型需要某种解释。我怀疑老跟烟友说什么聚光不聚光之类,就有这意识作祟的成分。尽管如此,在一众老枪面前掏出一包细支烟,领受一顿奚落嘲弄仍是不可避免的。最有可能撂过来的是这句:你那也叫抽烟?!抽烟喝酒的人群犹有一股生死置之度外的豪气,强项之人忒多,至少在人前,永不放弃的政治正确必要坚持。戒烟戒酒固然属于变节无疑,改抽细烟从正能量的角度说,仍不失为一种坚守,可原教旨一点,就几几乎要以投降派论处了。我在递出细烟时遭居高临下式的拒绝,讪讪地很是惭愧。这样的惭愧,也就属于我辈,年轻的烟民大大减少,而且多半入门就是细烟。

没想到也就过了半年,同一伙人再碰到一起,我发现好几位指间已然夹着细烟,其中有位烟瘾大的,犹自粗烟,却也道,细的我这儿也有。他是注重普惠,递烟特别勤的,要备着细烟,可见细烟已成气候了。何以开始转型,不必问了:都是和我年岁差不多的人,现今接触细烟的机会大增,更重要的是嘴上虽硬,私下里已是意意思思地控烟了。所以,也是服老的一种表示。因想起刺猬乐队那句有名的歌词,有"一代人终将老去"之叹。

其实后面还有一句,"但总有人正年轻"。只是年轻人中烟民队伍大大萎缩,其中抽细烟、电子烟又成主流,坦然得很。好事。